用文字照亮每个人的精神夜空

在冬天里开放,
但她却属于春天。

——何怀宏

《时有小憩》

摄影:何怀宏

若有所思

何怀宏 著

湖南人民出版社·长沙

本作品中文简体版权由湖南人民出版社所有。
未经许可,不得翻印。

图书在版编目(CIP)数据

若有所思 / 何怀宏著. -- 长沙:湖南人民出版社,
2025.1. -- ISBN 978-7-5561-3727-5

Ⅰ.I267

中国国家版本馆CIP数据核字第2024AA2134号

若有所思
RUO YOU SUO SI

著　　者:何怀宏
出 版 人:张勤繁
选题策划:北京领读文化
产品经理:领　读 - 田　千　贺晓敏　吴　静
责任编辑:陈　实　张玉洁
责任校对:夏丽芬
编　　图:宽　堂
装帧设计:周伟伟

出版发行:湖南人民出版社有限责任公司[http://www.hnppp.com]
地　　址:长沙市营盘东路3号　邮编:410005　电话:0731-82683313
印　　刷:长沙超峰印刷有限公司
版　　次:2025年1月第1版　　　　印　次:2025年1月第1次印刷
开　　本:889 mm × 1194 mm　1/32　印　张:7.25
字　　数:120千字
书　　号:ISBN 978-7-5561-3727-5
定　　价:42.00元

如有质量问题,请致电质量监督电话:010-59096394
团购电话:010-59320018

自序

这些随感大部分是从我过去十年的日记和一些笔记中选录出来的,而只有小部分是后来作势要弄一本小书时写下的,因此,可把这书看成是我个人内心生活经历的某种供状。虽然我觉得它是真诚的,但也清楚地知道这真诚的性质,知道这真诚毕竟是一种当时的真诚,历史的真诚。一位诗人在对一位女性说他要终生爱她时是真诚的,后来对她喊"我讨厌你,给我走开!"时也是真诚的。我不是诗人,但这本书里同样可能有前后抵牾之处。十年来,我自觉虽然有一些大的东西没有变,但毕竟有些想法还是改变了。不过,我基本上仍然不动它们,甚至在修辞、风格上也不动。我想,让思想保留着——正如克尔凯郭尔所谓的"原始的脐带"、原始的悸动,可能更有意义。

至于取"若有所思"为书名则有两层意义:首先,"若有所思"可以指一种神态,即"似乎在想什么";也可以指一种结果,即"似乎想到了什么"。本书作为一种成品,自然是指后者,但却又不敢肯定自己真的想到了什么值得拿来发表的东西,因此,就在"所思"前加上"若有"二字,以抽去一些肯定,增添一些怀疑,给"所思"裹上一层仿仿佛佛的色彩。把玩文字的手法有点类似于以姓氏"吴"使后面的名字"德"转为反面,以"贾"使后面的"宝玉"失去价值,而至于"何"则给后面的无论什么都打上问号。但说实话,我私心也是颇有点喜欢这种不敢肯定的态度的。

第二层意思则跟我对"思"字的偏爱有关。我倒不觉得爱思就会成为一个思想家,爱智就是一名智者或哲学家。何况现在玩弄思想也可以赚钱,一本书有时不仅可以给作者饭吃,而且可以给许多人饭吃。因为思想有时可以贬低到这一地步,以致使一些真正的思者宁愿使自己俗化,而把头衔奉献给另一些人,于是像跟人说"写作这门手艺""音乐这个活儿""绘画这个行当"一样,说"哲学这个饭碗",或者说"我什么都是,唯独不是哲学家"。但思毕竟是值得尝试的,在我的词典里,"思,丝也"。思乃我生命的游丝或触须,在风中试探,试试看能抓住什么。思乃对生命的执着和对死亡的抗拒。活着,就意味着思考。进一步,也可以说,思考的人是有尊严的人,人在思考时最能表现出他的特性。

最后,抄录梭罗的一段话:"年轻人搜集材料,预备造一座桥通到月亮上,或者也许在地球上造一座宫殿和庙宇,而最后那中年人决定用这些材料造一间木屋。"因为它正好代表了我此时此地的心情,我也已近造木屋的年龄了,活了三十余年,最大的一个收获就是知道了自己的平凡,知道了自己能做什么和不能做什么,而本来能做的一些事也随着时光的流逝和机会的错过而成为不可能做到的事了。

何怀宏

1987年11月于南昌

目 录

苏醒（1978）	001
道路	025
理性与激情	041
道德之维	053
幸福与痛苦	069
友谊、爱情与婚姻	079
关于孩子	091
孤独与自由	099
读书与写作	105
天才	119
语言与幽默	129
美与自然	139
历史文明	147
时代与社会	157

肯特《早晨的太阳》（局部）
1907 年

自己	175
哲学与真理	187
死亡	195
信仰	205
后记一	212
后记二	215

苏醒(1978)

肯特《圣奥古斯丁》
1919 年

就这样,年轻的生命、辽阔而荒芜着的原野、一年里最有希望的季节、正酝酿着历史性变化的时代、从繁忙的日常工作逸出而突然获得的大量闲暇、对真理和美的渴求、朦胧初生的爱情、面对突然出现的机会自身却被紧束的处境,等等,等等——这些就构成了现在呈现在读者面前的东西,它们都是当时的原始记录。

前记

从1978年的2月21日到7月16日,我是在天津城区与渤海之间的北京军区空军军粮城五七干校里劳动学习,当时四周是一望无际的原野,默默地躺着,耐人寻味地荒着,只散落着几处海洋石油基地勘探队的活动板房。我还记得到达之后第二天的日出时间是:6点58分。

在白昼逐渐加长的这一段时间里,我很快养成了一个习惯,每天晚饭后必定出去快走一个小时,姿势在一个目击者看来,就像"一头脱网而逃的野兽"。从我拿着一根随手捡来的棍子沿着坑洼处结了薄冰的废渠抽打路边干枯的柳条,一直到渠中溢满了水、野草丰盛得几乎高过头顶的时候,我都住在那里。我目睹了草木的泛青和转成深绿,凝视过蜘蛛的结网和捕捉,咀嚼过树林里的槐花,沐浴过突如其来的暴雨,听见过青蛙的齐鸣和其中一只突然被蛇扼住脖子的怪声。那时我每天都有这沉浸的一小时,这一小时就构成了一天生活的灵魂。于是,我生活的一切方面就都带有了一种快的节奏,在这快节奏中又有一种常驻的东西。

那么一大块原野为什么荒着？至今我也不太清楚。但在那年夏天打马草时我稍微明白了一点。原野上长着丰盛的草，那时的马草一毛钱一斤，比种高粱还合算。

那时也正是我生命的第二个年轮即将结束的时候，我的脚力不错，在疾行中，思想也似乎活跃起来，对自然界的敏感也渐渐地苏醒了，达到了我青春最好的状态。白天学规定的马克思主义哲学等功课，晚上演算自己找到的数学习题直到深夜。而这傍晚的一个小时疾走就使两者得到了一种恰当的平衡。时代也恰好走到旧的一个结束、新的一个开始的门槛上。一切都在变动——思想、情绪、感觉；一切都在苏醒——肌肉、大脑、心灵。

就这样，年轻的生命、辽阔而荒芜着的原野、一年里最有希望的季节、正酝酿着历史性变化的时代、从繁忙的日常工作逸出而突然获得的大量闲暇、对真理和美的渴求、朦胧初生的爱情、面对突然出现的机会自身却被紧束的处境，等等，等等——这些就构成了现在呈现在读者面前的东西，它们都是当时的原始记录。我几乎原封不动地把它们从当时的日记中摘录出来，仅以时光大致分类，从而使它们至少有一种个人心灵自然史的意义。

早春

想念南方

春天,这是春天,然而在大地上还没有春的信息。

这儿柳丝还没有发芽,下过几次雨之后,地下的盐碱翻上来了,白白的一片,像下过小雪一样。

这儿柳丝还没有发芽。这儿,发芽了吗?

想念南方。

在南方的田野里,有大片大片的红花草,开花的时候,在微风中,似乎一闭眼,它们就会"叮叮当当"地敲出声音来,像精巧的键盘,大自然的手在弹奏着它。

现在,当红花草只在梦里摇曳的时候,有人从南方给我寄来了一帧梅花图。

我题上了两行字:

在冬天里开放,

但她却属于春天。

苏醒(1978)

想念南方。

视线不受障碍

现在，我站在这里，无论向东、向南、向西、向北，都是坦荡无垠的原野。

在任何一个方向，我都可以看到地平线，无论向东、向南、向西、向北。

我可以知道日出日落的准确时间了，世界对我从没有如此慷慨。没有任何障碍，没有任何围墙，没有任何穿制服、戴标记者，我可以放开步子走去，无论向东、向南、向西、向北。

以真诚的态度去追求真理

倒又不是疲懒无力，我的精力很旺盛，但似乎要寻求一种什么形式来满足。

因为春天快到了，这里的风很温暖吗？因为寂寞，因为想到了远方，想到了可以谈论甚至可以把头枕在她的膝上说出自己的一切苦恼、愤激、软弱的人吗？

或者还是在于，我有点不在乎了。真理是躲着的，人不相信真理也可以活着,一个人是无能为力的,探讨没多大必要了。

我并没有细究,就很自然地认定一个真理,这是源于一种可恶的耐性和懒惰?……

我们对生活中许许多多的明显的自相矛盾竟然熟视无睹,这也是一种不自觉的虚伪,一种最可恶的虚伪?

首先要以一种真诚的态度去追求真理。

难道我可以因为"它是事实,因而它是必然的"来背对真理吗?可以吗?背对真理还可以找到一些什么心灵庇护所?……

我想现在我的主要任务是积累材料、整理材料,我还不可能明确地确立自己的思想,当然宣布自己确定了是容易的,但那只不过是儿戏,在实践的压力下很容易又转向反面。我可以写下一些感想,但主要是做大量的摘录,大量的原文摘录,自己只按它们的内在联系稍稍整理归类。

要不,你写下的思想不过是人家嚼过而唾出的渣滓。

到时候,有一代人的叫喊肯定是无疑的,但什么时候喊出什么来呢?我并不奢望那时我还是年轻人,我只希望到那时我的心灵是年轻的,就够了。

苏醒(1978)

永远不是次者

我还没读过大学，却已经在想报考研究生了。假如有人问我能不能考上，我将怎样回答？

我将说，我问了自己很多次，我如果成为一个研究生，我能不能胜任？我会属于较差的一类吗？如果不行，如果我是因为别的原因做此尝试，我还不如现在就停止一切。如果我觉得行，我有胜任的决心和自信，那么我为什么要费神于考得上考不上呢？我只是去迎击困难，去击碎它！我总是这样问自己，中午、晚上睡不着觉，而我每次的回答都是肯定无疑的。

主啊，他是这样一个人，你不断把他放进更高尚、更智慧、更有力的人群里，他都不会是次者。

精神的饥渴和恐惧

我感到极度的精神饥渴，没有书读，没有谈者，我为到处碰到庸俗和浅薄的言论和行为而感到透不过气来。我把棉袄脱下来蒙住头睡觉，这只是更增添了闷气——陷入了来此地后第一次深沉的忧郁。

我仍然读着自己带来的书，可是这不会维持很久的。

我如果有自己的房间至少也好多了。集体讨论——无非是用一些概念去模糊另一些概念罢了，我真是见鬼了！而人们还津津有味。

我担心我会变得很平庸，很平庸，很平庸。现在我感觉到自己特殊，而再过十年，我就不会再感觉到这一点了——为什么我要现在在这里使自己感到特殊，感到骄傲呢？我宁愿不要这种骄傲、自豪，我宁愿使自己感到平常，马上到使我能感到我不特殊、我很平常的环境里去，如果我骄傲的话，我也不因为自己而骄傲，而为一群人骄傲！

晚春

槐花

正是蓬蓬勃勃的春天。

吃过晚饭,我到外面去散步,独自一人沿着水渠走。渠岸长了一排不高的槐树。有刺的枝干,光滑呈圆形的叶子,小时候常拿它卷成圆筒来吹的,叶子中间刚刚长出一小串、一小串的槐花,散发出淡淡的清香。树越来越密,空气中到处有这样一种清香了。太阳下去了,天还是亮着,青蛙叫起来了,收音机里在引用高尔基的一段话:最伟大、最崇高的职务就是在这世上做一个人。

我记起了故乡莲塘的河,在两座桥的中间有一段高坡,长着矮小而茂密的槐树丛。1972年也是在槐花开的时候,我和一位朋友每天长跑十多公里归来,总是来到这坡上练习哑铃。跑完步,流出的汗水已把草绿色的解放鞋湿透,但还是要鼓起最后的一些气力来完成这一晨课。后来,那位朋友走了,再后来,我也走了,走得更远。联系的线索断了,至今却仍记得要钻进那些树丛得碰一脸露水、把裤腿打湿。

月光上来了,槐树林似要蒙眬入睡,它的花儿也似已融入月光,融入夜气,香味更醇正,更广大了,并且总是那么淡,那么淡。

想起列维坦苦苦要绘出的俄罗斯月夜原野上的小白桦树,那么——今夜,这里是我的槐花。

我苦于不能够表现自己

在这静静的时刻,我的心又发抖了。刚刚还在做习题,苦于几遍都得不到正确答案,然后躺在床上听外国乐曲。我的腰仍然疼,脊骨似乎支持不住身躯。我的身子总有些抖,也许还是因为冷的关系。

我苦于不能够表现自己。亲爱的人们,你听到我轻轻的呼唤吗?六年集体营房的生活,我抵抗住了一阵阵平庸的浪潮,我曾经被没过头顶,曾经被冲得站立不稳而跌倒过。叿是只要有一个声音、一本书、一件不大的事、一次静静的时刻,我就又站起来了,我为孤独而痛苦,我为两千多个夜晚几乎没有一个倾心交谈的朋友而忧郁,我为没有一点机会表现我的智力、我的体力、我的坚强、我的胆量、我的潇洒、我的风度而沉闷。我赋予平常的日子以快的节奏,在这种节奏中断的时候,我就昂起头来四望。遥远的一点呼声我都可以抓住,我从生命的角度尽了最大努力。我甚至可以把手搭在朋友肩上说"我歇一会儿",可是我做出了什么啊?没有。

难道注定要演一场庸俗的悲剧?

外面,就在窗前的操场放映电影。我不想看,奉命就在家里躺着,不得开灯。我用耳机听收音机,我在虚度光阴。"把失去的时间夺回来",说得好笑。败叶会封住一眼清泉吗?我还听得到"哗哗"的声响吗?难道上天让我降生只是选定了我来演一场悲剧,而且不是伟大的悲剧,而只是小人物的庸琐的悲剧,是在我们日常生活中大量发生的悲剧,是我们已经司空见惯、熟视无睹的悲剧,是主人公不再觉得悲哀而别人也不会怜悯的悲剧?

深夜的邀请

傍晚我散步回来,洗脚,倒开水喝,发现我的玻璃杯子破裂了一大块下来,于是就高兴地用它倒了两次水,喝干了，而且想着，在明天中午再买一个杯子之前，还得留住它：明天早晨好刷牙。我带上书包去已经空空荡荡的饭堂里读书，规规矩矩地把文具盒、练习本、数学教材拿出来，先读完一节，真正读懂了，就做习题，然后用另一个练习本做读书笔记，最后用红笔给自己打分。错了的就在后面做出订正，接着转到下一节内容。我很高兴今天得了两次一百分。这本美国人的数学教材写得真不错，毫无废话，可惜的是没有几何的内容。

夜深深地入静了，就显得自来水管子老响了，好像里面有一个怪物。真正的倾心交谈往往是在半夜之后，然而找谁呢？也许邀请水管中的怪物？我把食指和中指并拢再曲起来，然后敲敲水管。它在水管中回应似的发出了一阵"咕隆"声，然而，毕竟是不肯出来。我想了想，又拧开龙头，没有水出来，却好像出来一股气，然后就一切都安静了。它现在站在我的面前了吗？我伸出手，做出了邀请的姿势："你好!"我觉得是它点了点头，因为连着灯泡的电线轻微地晃了两晃。它是不需要坐的，于是我坐下来，想说点什么，然而马上意识到了自己的荒唐，于是收拾起饭桌上的东西，回宿舍睡觉了。

苏醒(1978)

初夏

黑夜里升起一颗星

吃过晚饭,我又出去,和刘走三十分钟后到了大路边的水闸,刘跑到槐花丛里和摘槐花吃的小孩子谈天去了。我把黑毛衣解下来,放在水闸边的石墙上,躺下来,枕着夹着信的书。

太阳已经下去,一弯新月在明净的天空中正对着我的眼睛。

刚刚坐着读完了那三页信,心里就还在想这些事,我已经不小了,我还能稚气地对待爱情吗?或者是朦胧地感到一种神秘和纯洁,或者又是庄严地暂时否定它、激烈地要忘掉它吗?

我想,我已经不会轻率地谈到爱了吧,是没有了狂热,但也坚定一些、理智一些了。爱当然也要为生活计,要有点基础,现实会强迫你去考虑这点,而这并不是说,讲到这种感情就必须总是和这一点联系起来;恰恰相反,这点是最缺乏意义的部分。我们只是暂时乐意去忍受它罢了。

我也不小了,我也可以有爱了,以前就感觉过这一点。我为什么迟迟不让爱的阳光射进我的心房?为什么不让呢?以后只会更努力,而且这种努力也为着她了。无疑,我已经感受到幸福、温暖、抚慰、相与的快乐。我应该感谢上苍在我的生活中给我揭示了我的道路和我的伴侣。世界因你而存在,因你而放光呢!

你,难道不是我生活中的一颗星,我可以因你而变得更好、更美、更强、更善良?我呼唤着你的名字,我为什么不使自己的天空升起一颗最明亮的星星呢?你将永远照耀着我,我将永远不会堕入到一团漆黑中去。

我知道。

忧郁

插秧结束了,在这两天"彻骨的疲倦"中,我好些了吗?

洗干净脚上的泥,同伴们的高兴心情传染了我,快走到门口,我想到也许今天来信了,但是没有。——刚吃完晚饭,该死的头疼立刻到来了。我躺在床上想了一会儿:晚上给自己规定做一个省份的数学高考题,做完才休息,这样也许会好些吧!

爱情总是在前进状态吗?毫不停顿,一步紧过一步,一步快过一步。也许有些人是从那种不确定状态中得到满足，而我盼望的却是心心相印，直到永远。我需要确定，不确定才痛苦呢。

而我的心情又确实很忧郁，两架完全能够共鸣的、走得很准的钟，也许就因为错过了那一刻——上弦的一刻，而永远走不到一起去。

一边是规定的作业、紧张的准备，一边是不确定的慌乱、忧郁和期待；一边是严格的循序渐进，一边是不定的飞扬跌宕；一边是解出道习题的兴奋，一边又是遥想默念的神往；一边是遇到挫折时的苦思冥索，一边又是长夜的辗转不能成眠啊！

他说：我不把幸福赐你，我怕你因此而耽于安逸，你必须给我一个证明。他抚摸了我的头：孩子，你必须完成你的使命。

在平常的事情上也做得好了

凌晨四点起来，打马草。

吃过早饭，上午接着干。我背着一大捆马草从荒野里归来时，感到累了，抬不起头，汗直往下淌。走到一个高土墩前，我稍稍蹲下，把草捆移放到土墩上，然后扶着它喘气。背回到操场，一个人说："我远远看到，还想那一大捆草怎么自己会动呢？"我心里很愉快，感觉自己已达到了某种平衡，即：人们从平常的角度上也赞美我了，我在平常的事情上也可以感到自豪了。打靶在区队最好，劳动割草割得最多，也不再划破手了，两次评教评学被评为先进。尤其重要的是，在某些我最讨厌人的事情上也可以心平气和了，在某些我最讨人厌的事情上也可以获得人们的原谅，甚至同情和帮助了。

被人重视与自弃于人，有时会存于一念之间。记得刚来到这里时，就很有走向另一条路的危险。越来越被人重视了，也就重视别人，自爱自重起来，双方也就越来越一致。但也可能在开始仅仅因为一两件小事闹僵，而走向对立情绪的路。

而我的一切求异的努力，主要都发生在我的心里。我当然不能以常人成功的标准作为我自己的成功标准。十个人里也许有八个会羡慕我的地位，有一个会安于这种地位，还有一个呢，我不知道，我只知道我不会安于它，哪怕我因此是百分之一、千分之一、万分之一！

你必须在众人之中而又出众。

苏醒（1978）

盛夏

"天下亮了"

走到这雨后的白杨树下读书特别愉快,尤其在洗净身子以后。不知是谁说"天下亮了",乌云的聚集使人们原先觉得这场黄昏的雨会把白天和黑夜连在一起,而下完了雨,却令人惊奇地发现天还不黑呢,"天反而下亮了"。我小心地把穿着布鞋的脚放到下过雨的地上,读起《安娜·卡列尼娜》来。时时唤起1972年读这本书时的零星记忆来,例如,"在敌意的海洋中爱的孤岛"一节。

放下书,记起来在这里的路上看到一大片蜻蜓在沟里的草丛上飞舞,是不是它们(有几百只)就要在这儿栖息一晚了?还注意到鸟在归林、蛐蛐长鸣,想起昨晚夕阳从云层中突然钻出来,你本来还以为它已经落下去了呢,结果田野、人、房屋都似乎染上了一层金黄色,像是走到一幅油画里去了。还想起了树杈上一窝还未生毛的小麻雀突然掉落地上……

心灵印象

傍晚去散步,一只黄兔迎我走来,瘦伶伶的。我开始还以为是没尾巴的大鸟跳着走过来了。它突然站住在五十米远的地方,似乎从"哇喇哇喇"的喇叭声里听到了含有某种威胁的脚步声,于是,扭头跑到草丛里去了。芦苇正从割过的茬子上抽出来,我的眼睛本来一直看着正前方的,不自觉的一次斜瞥却使我扭转了自己的身子,很难一下说出我所看到的情景给心灵留下的那一瞬间的印象:像淡淡的红云,一条条浮在深绿的禾苗中间,这些长在田埂上的"树花",它的枝子是要折裂才能断的,它的花朵上的一面透着红,是那种未全熟的草莓的红,背面是白的,风吹起,红白相间。我折了几枝走回去,这时收音机正播着《梁祝》协奏曲。

病也不肯随众

纷纷病了,班里一下病倒三个,全队腹泻、发烧,成危机了。我好着,看来连我的病也不随众,要病一个人悄悄地病着。

刚刚出去走了一会儿,静静的沟渠旁仍然显得很亮,是远处的灯光映照使然。扭转手腕,看表,快11点了。

现在头好受多了,数学的兴趣在恢复,又借来一本新书。

慢慢走着,回忆着自己的生活,走过的路。

那样一个苦夏,还有秋天,狂风扑门的秋天,脚尖冷得发疼的冬夜,还有风沙弥漫的春天。

记起了很多很多。

总会有说起的时候。

美的饥渴

我在这儿写东西,外面放映着电影,我把电灯放到蚊帐前。只是映出几个舞蹈时,站出去看了一会。我不禁想到了前几年,久久地注视着一本画报封面上偶然出现的一张照片,在欢迎西哈努克亲王的队伍里,穿着白衬衣蓝短裤的男孩子正拿着鲜花跳跃。我的心都融化了。我不自觉地感觉着、激奋着、悲哀着。我们那时候是多么渴,多么渴啊!

小泽征尔

晚上在电视里看小泽征尔指挥中央乐团交响乐队的演奏,有《罗马狂欢节》《二泉映月》,勃拉姆斯的一个弦乐曲和最后热烈鼓掌之后增加的一段《伐木曲》。

小泽征尔的指挥使我想到了做任何事都所需要的热爱和沉浸。且不说他在指挥《伐木曲》时那些在胸前简短、明了的手势，不说他在旋律突然迸放成强有力的高音时手的呼喊，他佝偻着腰，耳朵在倾听什么，有时候，两只手就像两条突然从悬崖上跌落下来的惊惶的蛇。他全身都在动作，尤其两只手臂，柔婉时像没有了骨节，激昂时又似乎整个手臂在瞬间僵住了。他的手指在动作，手腕在动作，小臂在动作，大臂在动作，肩关节在动作。在谢幕时，他的嘴张开喘着气。

关键的念头

有时觉得好像总会在一些关键的时刻冒出一些关键的念头，像塘里偶然冒出的气泡那样随意，但是过后却觉得这些念头对我一生是十分必需的、不能错过的。这时我就会暗暗感激冥冥之中的引导者了。天啊，好像他在神秘地暗佑我似的。

受伤

晚上出去散步，看见一片血迹，又一直滴了几十米远，大概是一只小动物受伤了。

没有信来。

我叹了口气,我的青春不像春天。我感到孤独。我希望爱的阳光能照亮我的道路,我的天空。

害怕

早晨去打草,站在臭水中(不远处有一条工业废水河),拨开茂密的草丛,最可怕的并不是腐烂在水中的草,不是蛇,或脚突然踩住了什么活的东西(青蛙?),而往往是发现了一张烂报纸,一块破布片,半截拐杖,这样一些与人类生活有关却已死去的痕迹。腐朽——最可怕的是曾经活过的东西的腐朽。

乏味的辅导

上午听辅导,乏味极了,"马、牛、羊、刀、手、口",我还会再有耐性把那些东西当作知识来学吗?

中午读到列文和吉提在树林中走的一节,平静、幸福,互相之间很直率,而又充分地理解每一点暗示,不是有意的暗示,那么美的一幅画,写得真美。

可是下午听"提示",这就是那些上过著名大学的人,解释了半天"序幕":就是一个戏前面的一场,后面还有一幕一幕的,而这是第一幕前面的"序幕"。他还不让休息,好像人家都很爱听似的,而最后也真有暴风雨般的掌声,我的天!

看来昨天我还是低估了那"呱呱"地叫着飞去、叼着一点东西回来要喂给那张口待哺的雏鸟的老鸟的雄心和骄傲,也低估了那些张开大嘴的"小雏"们的胃口。老鸟夸耀说:"只要你们喜欢,我还有很多东西可以叼来塞给你们吃呢。"这句话引得小东西们努力地一个一个地试作跳跃欣喜状,发出一片的喊声:"要!要!多多!多多!"

也许我快走了,就挑剔起来了。办什么事,很好的事,看来都得依赖于办这些事的人们的教养和心理态度。

好笑之余

刚才听到一件事挺好笑,一个只有一个儿子的父亲对另一个生子很多的父亲说:"我买一条黄瓜,他一个人就吃一条,你怎么分呢?"对方的回答是:"我死了一个儿子,还有好几个儿子。你死了那一个,你那条黄瓜给谁吃呢?"然而,笑完之后却感到一种令人震惊的残忍和深深的悲哀。

期待重要的思想

傍晚,带着收音机和书出去了。又一只黄色的野兔蹿出来，追了一百多米，没入草丛看不见了。

坐在废弃的水渠的破闸上，周围是树木、田野。村庄都在很远的地方。我看了一会书，又坐着听了一支英文歌曲《永远不改变》，只听懂了一句，那是唱了四遍的：

除了你，
我谁也不爱，
你难道还是不明白？

天上有"嗡嗡"的声音，仰起头，一只铁鸟映照出夕阳的光，但我坐在这儿却已经看不见那落日了。

读到《悲惨世界》那三个小孩在古堡中的桥段，第一次在情节演进中高兴有那么一段静谧、沉思的描写。

我读着，暮色在暗下去，风凉爽起来，热气在消退，夜鸟在归林。这一切都是好的。

我突然放下书，期待着一些重要的思想，也许会来到。

但是，并没有什么，没有什么，我站起身，摘下一片树叶，拉断一根柳丝，都丢到沟里去了。一只鹧鸪突然叫着飞过，我注视着它隐没在远处的夜色中。

道路

肯特《采石场》

我们的起点常常就是我们的终点，但我们不能也不会固守这一点，我们必须兜开去才能丰富自己，并且兜的圈子越大越好，但是我们很可能兜不回来。生活中的一条分岔把我们引入另一条分岔，除非我们借助某种力量超越或飞升。

1

以仿佛你即将赴死和永远不死的方式生活，以仿佛你一无所知和无所不知的方式思考，以仿佛你是庸才和你是天才的方式写作。

2

在两极中把握中道，并使这两极如大鹏之双翼。

3

我赞美达于两极的中道，在对极端的洞察和理解中，达到一种丰富、深刻的中道。

4

远大的目标不可能具体(不容易确定，不容易坚持)，有时不妨只满足于确立一种原则，即每过去一天，就懂得一点什么;或者说，既然来到了这世上，就不要白走一遭。

5

使自己有多种多样的期待是防止期待变成一种折磨的良策。

6

人至少从外表看，是相当对称的:两眼、两耳、两手、两足，而只有一个的器官则处在中线，如鼻子、嘴、肚脐，因而可以均匀地从中线把人一分为二。这引导着人们把和谐对称视为美，把中庸之道视为善。

7

惊人的渊博往往要以惊人的无知为前提。

8

那些天生使自己对社会新闻和小道消息不感兴趣的人是幸运的。

9

把握真正的中道是很困难的。

讨厌的是往往在争论之初就出来个第三者说,你们两方各有几分道理,但又不全有理,各有对的地方,也各有错的地方。他这样说也许没说错,可等于什么也没说。

10

我们总是说要限制我们自己的精力,我们却总是走上一条又一条岔路。

11

谁也不敢说自己一生走过的道路最适合于自己。

12

成功就是当洋溢的生命力突然冲决堤坝时汇入了一条合适的渠道。

13

愿天底下愚蠢的考试不淘汰聪明人,可是当聪明人参加那种考试时却也是愚蠢的。

14

想先写一批通俗作品挣钱再来写纯文学作品的人，或先到印度做生意再回英国本土写作的人，总是要面临手段成为目的的危险。

15

我们的起点常常就是我们的终点，但我们不能也不会固守这一点，我们必须兜开去才能丰富自己，并且兜的圈子越大越好，但是我们很可能兜不回来。生活中的一条分岔把我们引入另一条分岔，除非我们借助某种力量超越或飞升。

16

在一座名山的道路上，人群从早到晚总是络绎不绝，而离道路仅仅几米的灌木林却成为人迹罕至的地方。是道路禁锢了人们。

17

处在海的底部，倘若不是一颗强力的深水炸弹，怎能撼动波澜于表面？否则就得甘心忍受那黑暗的寂静和寒冷。

18

人们常常谴责悲观主义者，可是往往谴责者还不如被谴责者做出了那样多有益的工作。

19

生态环境、资源保存的问题可纳入代际正义的范畴,此即所谓"要对得起子孙后代",乃至"即使不久于人世,也要栽种树木"的精神。然而,不仅仅在社会层面有代际正义的问题,在个人和家族的延续上似乎也有这个问题。有的伟人后代之猥琐、之碌碌无为,简直令人怀疑他们的精力和才华被他们的父辈占夺尽了。还有客观上的遮蔽,有的儿子自暴自弃只是因为其父亲太光辉灿烂,他怎样努力也超不过去,人们说到他永远只是说他是"×××的儿子"。因此,我们在使用和发挥自己的才能时,有时不免会犹疑:也许这里不仅有我们先人的遗留,还有我们后代的一份。因而就要像节省地球上的资源一样,也不要让我们的才华和名声张扬过分。

20

学术界成名的一个标志就是:越来越多地在自己预先不知道的情况下被人引用;也就是说,自己的作品和名字越来越不属于自己。

21

我们一生能做多少事呢?做不了多少事。生命已经立秋,马上会有果实挂在枝头,但也会有黄叶飘零。

22

到了一定的时候,你就必须用你的写作来说话、来交往、来回答门铃、来举起询问可否进港的小旗。

到了一定的年纪,你也要渐渐学会说"不",并让人知道你开始说"不",知道你不仅对他,在同样情况下对其他人也是说"不"。

而到了最后,你就注定只能以沉默来表示你的存在。

23

骄傲常常不是要对别人发生影响。实际上,在熟人中间,很少有人会相信那些骄傲地说出来的话,很少有人会相信骄傲者的自我评价。这时,骄傲就主要是对自己发生作用,是要确立和强固自己的信心和行动能力。

24

一个人的才能可能是多方面的,但你必须选定一个你最擅长的方面来用足你的力气。

25

老子深沉而无须好斗,王充好斗而欠深沉,孟子是又深沉又好斗的,帕斯卡尔与尼采也都是深沉而又好斗的。

很喜欢这两个形容词,即深沉又好斗。

如果两者可以去一或必须去一,那么当然是去掉好斗。再没有比浅薄的斗士、哗众取宠的斗士、胡乱咬人的斗士更让人讨厌的了。

然而,命运和时代有时使一个深沉的人注定也要成为一个好斗的人。

这时,我们对一种冷冰冰的博大精深也就难免不无微词了。

26

我们很难判断现在发生在我们身上的事情是好是坏,很多事是好是坏只有在我们结束生命的那一刻才能做出判断,因为只要活着,坏事就可能被利用,苦难就可能使之变得有意义,而好事也可能引起消极的后果,一个一直顺遂的人可能因这顺遂铸成一个使他最后受尽折磨而死的错误,那怎么能说他几乎一生的顺利是好事呢?同样,一个默默地在平凡生活中度日的人,却可能因他在这种平凡中锻炼成的一种高贵品质而有一个辉煌的结束。这一辉煌像落日一样使他平静一生的天空焕发出奇异的光彩!

27

人生的真谛要从下面往上看,而这观看者最好又是从上面落下来的。

28

我们一生中有多少发展不了的才能?!要发展任何一

个人的潜在才能,都不是一辈子能完成的事,因此,我们必须从另一方面得到补偿,即在一个自由联合体中,我们从我们所喜爱的别人的巨大才能中得到满足和快乐,那种才能本来我们也可以发展,但因为我们选择了别的幼芽而使其萎缩了,所以,人的全面发展需要从人类整体的意义上去理解。

29

首先是生活,是行动,然后才是其他。趁着我们还年轻,我们还来得及,我们前面还有明天的时候就行动。因为我们会有来不及的时候,会有最后一个明天无可挽回地变为今天,并永远结束明天的时候。当计算机输出的纸带上最后打出"end"字样的时候,我们是否能说前面的程序不是一个无意义的零呢?

30

当一件事做过之后不是问"你是否取得了很大成功",而是问"你是否尽了最大努力",这将使我们在体面地失败时心地泰然,在偶然地胜利时不盲目陶醉。

31

但愿我们在晚年变得像大河一样宽容平缓,可是这也许就要求我们的青年像湍急的溪流,然后我们才能冲出局促的峡谷,容纳和汇入其他的精神之流。

32

有保存自己的义务,也有延续人类生命的义务。但由于大多数人都会去生儿育女,而且想多生,所以一个人或可免去自己使人类延续的义务。

33

成功的一个秘诀就是与众不同,就是出众。

34

是的,应当有一种对功名心的超脱,但要在有能力取得或已经取得功名时说这番话才有意义。

35

限制造就成功,不仅是自己限制自己,使自己的精力集中到一个方向上来,而且社会的限制亦未尝就无有益的一面:它戒除浮躁,使人们转向深沉扎实的努力。

36

憔悴是可以恢复的,衰老却不会恢复。

37

时常有失望,但不要绝望;时常有灰心,但不要死心。在这方面我们依凭的不是理智,而是我们的生命力。在失望时最好的办法是使自己的生活依照原有的习惯行进,在铁锤般枯燥的和机械的一下下敲打中,慢慢又会产生出新的希望的火星。

38

要使一件事取得最大成就,常常要以一种认为他所做的这件事是世界上最有价值、最有意义的事的信心投身其中,就像一个生物学家在与另一个人谈话时所感到的那样:天哪,他竟然不知道草履虫!

39

当一个人志得意满时,可以不去接近他,哪怕他曾经是你的朋友。寻求刺激也不要,我指的是那种使自己发愤的刺激,因为你寻求到的常常是有意无意的轻蔑和难以忍受的降尊纡贵,你如果感受多了这轻蔑,以后得志时也许会照此办理的。

40

我们应该重新去感受那种克制自己的快乐,在这里同样可以找到通往人的真实存在的一条道路,同样可以保证自己不被官僚化和庸俗化,甚至同样可以使自己在学术或文学上取得比疯狂的热情更大的成就:我们要为唤回自己的意志和毅力而快乐。

41

我们能责备一个不名于世,却是力竭而死的人吗?

42

骄傲必不可少。用软弱的谦虚、羞怯的内向来保证自己不致庸俗化还不如用内在的骄傲。是的,内在的骄傲,心灵的自豪!如果我们不骄傲,我们还能做点什么呢?!

43

由静入动难,由动入静亦难。启动难,停止亦难。善于静默和退出是人生一种伟大的艺术。

44

当在田野里汗流满面、泥没腿肚时,很难酝酿出一种"陶渊明心情",倒是在脑海里浮现出上帝对犯原罪后的亚当所说的话来。

45

正在换毛的小鹅那粗声嘎气的声音和斑驳混杂的羽毛都是不讨人喜欢的,然而,不经过此,就不能变成一只伟岸、威风的大鹅。

46

目标远大、志向高远,同时又不拒绝一切凡俗的快乐,此即所谓"立上等愿,结中等缘,享下等福"吧。

47

一种是对社会民族的巨大责任感,一种是认为自己才配得上的个人使命感,这两种情感结合在一起就产生巨大的行动力量。

48

太早的成功妨碍着真正的成功。

49

青年人不会用老年人的口吻说话,他们的血液还没有冷却到这个程度。

喝酒放荡是因为志向太高,退隐山林是因为现实感太强,勇敢常因为背过"怯懦"的名声,谦虚也许因为曾经骄傲。

50

成功给一个人以思想定向、行为定式;成功使天平决定性地向一方倾斜而不再摆动,这是好事,但也可能是坏事。它消除了彷徨,但也可能遮掩了最值得也最适合你做的事情。

51

真正能有成就的人是善于把激动和兴奋转变成一种持久的努力的人。

52

学术之道就是限制之道,不断地接近目标就意味着不断地限制自己。

53

庸才也常常感到怀才不遇。

54

后一代人肯定是要超过我们的,但我们的努力使我们有权这样说:是的,他们是要超过我们的,然而这是就整体而言,从个人来说,只有少数人,甚至很少数人能超过我们。

55

想想自己是从什么样的地方走出来的,在这外在的世界里,就没有什么真正值得害怕的东西了:大不了我再回到那里去。

56

当有一个最大的英雄的时候,谁都别想再成为英雄。

57

我佩服一切勤奋工作、一切靠自己的气力——无论体力还是脑力——挣钱养家的人。

58

一方面是对成功、对荣誉的渴望,另一方面是害怕斗争、洁癖、对血和污秽的厌恶,我这与生俱来的矛盾啊!

59

朋友说现在的人都喜欢看极端的东西,我说:"如果温和到极端呢?"朋友说:"有温和到极端的东西吗?"我说:"我们不是有时会说某某是一个极其温和的人吗?"

我确实喜欢这样的性格：极其温和而坚定。

60

我常常想，我所达到的地位和名声已经超过了我的天赋和努力本来应得的，这可能是由于处在一个转换年代的原因。

61

拿事业与职业比较，我们也许可以说，事业是相对于个人而言，是你自己想做的，而且是比较大的，也许你一生都在追求的事情；职业则是那些得到社会承认的，可以交换劳动、可以带来收益、比较稳定的事情。

并不是所有的事业都能成为职业，甚至可以倒过来说，那少数最伟大的事业差不多都不是职业。

62

人活着就是因为：他愿意活着。这就是人生的意义，或者说不必再去追寻什么意义……很多事都是因为我们的愿望。我们期望爱情就得到爱情，期望成功就得到成功。期望生——这就是生的最大秘密。

肯特《多尼戈尔海岸》
1926 年

理性与激情

肯特《人类的七个时代》
1918 年

生命力的冲动无疑是一生物学的事实，没有这种冲动，也就没有生命的存在了。这种冲动在动物那里是无意识的、不自觉的、盲目的、不由自主的。即使在有意识和有某种意志控制能力的人那里，它仍然有一大部分没入我们尚不知晓、无力驾驭的黑暗之中。

1

因动荡不安的情绪失掉了许多宝贵时间的人将因他们由此而获得的宝贵灵感得到补偿。

2

有些道理是通过脑子来接受的,有些道理是通过心灵来接受的,而有些道理则必须通过皮肤来接受。

3

我们的理智使我们一次次看透人生,我们的激情又使我们一次次重受蒙蔽。

4

情感如果总是能找到自己名字的话,它就不成其为情感了。

5

上帝对人类所开的一个大玩笑就是把大地造成一个圆球,因为,按人的本性来说,他们总是会设法走到世界尽头的。所以,当麦哲伦的船员们完成第一次环球航行之后回到他们的出发点时,人类不知道应该是悲是喜。此后许多年,他们就只能望着星空浩叹了。

6

自从科学让我们知道了月球的真相,知道了太阳系和银河系的真相之后,我们失去了多少?让我们充满遐想的星空被"脱魅"了。科学是人类理性的帮手,却是想象力的杀手。

7

艾滋病使人感觉是一种神秘的黑暗的力量,就像鼠疫的发生常常是对纵情狂欢的古罗马人的一个警告,艾滋病的发生是对现代人的一个警告。我们还不知道它从何而来,也不知道它往何处去。

8

当一种自然灾难悄悄退去时,人类往往自炫是他们战胜了它,其实是它自己退去的。值得人类骄傲的只是他们在这一战斗过程中表现出的一种勇敢和友爱的精神。

9

人常常是这样,要自己用刀子划破一点皮也不干,流一点血也怕得要命,而碰上突然的事故,断上一只手,血流如注,也达观地忍受了。

10

我们白天有太阳,太阳给我们温暖和光明,可是太阳黑夜里不出来。于是古时候的人们寻求火。

火作为温暖的源泉,对应于我们的欲望,具有物质的、实用的意义,成为一种有效的自我保存的手段。

火作为光明的源泉,对应于我们的情感,具有精神的、象征的意义,成为一种热烈的崇拜的对象。

11

让我们同时认识人与人关系的悲剧性质和爱与同情的伟大价值。人与人之间有一种永恒的冲突,在爱人之间尤甚;人与人之间又有一种伟大的爱和同情,在爱人之间尤甚。以为爱与同情能完全消解冲突是可笑的,而因为冲突就认定爱与同情没有价值则是可悲的。

12

有时需要在探索人类的一段历史时同时想到人类的诞生和人类的毁灭,在凝思我们的地球时同时想到其他无数个星球。这时,我们也许就不会狂妄自大到以为"人"字到处和始终都是大写的。这是一种考察问题有用的角度。

13

人最害怕的是他自己,因为他只要活着就不知道自己会做出什么举动来。

14

我们往往能够拯救别人,却不一定能够拯救自己。有一个人让别人不疯了,自己却疯了。有一个人说服了别人不自杀,他却自杀了。

15

生命力的冲动无疑是一生物学的事实,没有这种冲动,也就没有生命的存在了。这种冲动在动物那里是无意识的、不自觉的、盲目的、不由自主的。即使在有意识和有某种意志控制能力的人那里,它仍然有一大部分没入我们尚不知晓、无力驾驭的黑暗之中。

16

人的心灵、意识、情感,人的一切非物质、非肉体的东西远远不是我们所估计的那样简单,对它的全部复杂性、丰富性,我们领略得太少了。这可以鼓舞一些人,因为它可能预许着人与人的巨大差别和超凡脱俗的灵感,但也可以使一些人泄气,因为他们竟然只能看着自己的情感冲动甚至任意驰骋而无能为力,但无论如何,人的心灵尚有许多奥秘未被揭示。

17

总是离我们最近的一个念头支配我们的行动。如果我们正要行动的话,这行动常常并不是凭我们全部思考的结果,凭其重要性和紧迫性来决定的,而是凭离现在的我最近的一个念头行动的,于是就有"正义冲动"和"激情犯罪"之说。

18

当我们以为自己是大彻大悟的时候,我们往往是在坠入新的蒙昧。

19

只有人,才会把龙命作践成蛇命,这是他可悲之处,也是他可自炫于其他动物之处。

20

我们有多少次这样说自己"以前真笨",然而过后我们还是不聪明。

21

永远不要对人估计过高,既不对人类个体估计过高,更不对人类群体估计过高。

22

假设亚当或其后裔受够了对原罪的惩罚之苦,假设哪一天上帝突然发了慈悲,因而让其后代重新回到伊甸园,他会安分一阵子,但最后还是会想去吃那禁果。他会一直转这个念头,觉得天堂的其他一切都索然无味;他会为自己寻找一个恰当的理由,一个似乎上帝可以接受但实际上不会接受的理由——这是他的进步,然后,再去吃那禁果。

23

我们总以为自己现在最聪明,愚蠢只属于过去,尽管这种认识常常是使行动有信心和有力量的必要条件,但有必要提醒一下我们自己,即我们自以为最聪明的时候常常是最愚蠢的时候。

24

人类的博物馆、纪念馆多为纪念人类的功绩和成就的,还应该多一些博物馆和纪念馆来展览人类所干下的蠢事和暴行。

25

对于那些向你抱怨自己的彷徨、不安、不满、不快的人,有时不妨给一顿鞭子,而过后他们将要因此而感激你。

26

一个有力量的人常常并不是一个自我感觉良好的人,而倒是一个自我感觉不好的人。

27

"噩梦醒来是早晨"还好,如果"美梦醒来是黑夜"呢?

28

理智的冰冷并不妨碍情感的炽热。

29

无论精神上还是肉体上的疾病,总是突然地来临,而悄悄地退走的。所以我们常常清楚地记得我们什么时候得病,而说不准我们是什么时候痊愈的。

30

一个人改变自己的主意并非总是由于道理。

31

在一种大的行动渴望产生之后,我常常把它放一段时间不想它,并美其名为"冷处理"。

32

在夸父逐日、愚公移山、精卫填海三个神话中,最具荒诞意味和悲剧内涵的是夸父逐日。我们不太清楚夸父的目的,但肯定那不是功利性目的;他也不是像普罗米修斯那样为人类盗火——那样就使自己置于神的地位;他感到口渴,他最后失败了,弃杖化为邓林。

33

酒可以独饮,可以共饮,可以使我们微醉,可以使我们大醉,而每种饮都各有其妙,每种醉都各得其趣。酒使我们哭,使我们笑,使我们静默,使我们长啸,酒是我们欢乐和忧愁时都需要的东西。酒使我们呕吐,在呕出秽物的同时也呕出了积怨和宿愁。酒使我们忘掉贵贱和成败,酒泯灭等级身份的差别,酒把我们托到空中。也许,从远古起,酒就是人生命的一个要素,身体的一个要素。人们体内呼出的空气中有酒,血液里有酒,骨髓里亦有酒。无酒无醉的人生不值得活。

34

一个人的外表可能非常宁静,一个人的行为可能循规蹈矩一如常人,可是只有他自己知道他的内心经历着怎样的骚乱和革命。

35

当我把一个人想得很神秘时,他却老是向我做出些平凡的事情;当我把一个人看得很平常时,他却向我露出神秘的一隅。

36

人生难测是因为人心难测,心态不佳是因为生态不佳。

37

我们还不至于穷得连一个梦都没有。

38

想到一种"按不住的力量",凡成大器者或多或少都有那种力量,甚至看起来相当温和者也有那种力量。这真是奇怪的逻辑:做一个好学者要有人们公认的学者气质,然而学者中最好的几个,却必定有一些非学者,乃至一些与学者气质相冲突的东西。

39

当我们以为我们最正确的时候,就是我们最可能对某些事犯错误的时候;当我们以为我们最正义的时候,就是我们最可能对有些人犯下不义的时候。

40

宽容的人是看到并理解两方的人，不宽容的人是只看到或理解自己一方的人。

41

天生就有两种性格气质的人：一种是温和冷淡，一种是热情偏执。许多观点的争论追溯到最后，都是两种气质的冲突。前一种人的好处是温和、宽容，不好之处是冷淡乃至冷漠；后一种人的好处是热情、积极，不好之处是偏执乃至偏激。

肯特《人的黄昏》
1926 年

道德之维

肖特《几代人》
1918年

在道德上，比起对于何为得体不得体的一种精细辨别力来，更宝贵的是一种不拘小节却深明大义的品质；比起一种谨小慎微的癖性来，更宝贵的是一种见危授命的气度。

1

忠实于自己,然后才能忠实于别人。然而,最大的困难也就在这里。要防止那些对人说出的谎言,首先要防止在自己思想中潜行的谎言,而这难乎其难。于是,我们又不妨从忠实于别人开始。

2

向着崇高的努力是一种巨大的努力,也是一种微小的努力。一些人本能地倾向于达到的状态,却要使另一些人奋斗许多年。

3

当人们不能以高谈阔论引起人们的夸赞时,他们常常以沉默来引起人们的注意。

4

比起忍受伪善来,人们有时宁愿忍受赤裸裸的恶,那样至少更痛快些,至少不会有一日醒悟后产生的痛苦和绝望。

5

容易受骗常常不仅不是一个让人讨厌的缺点,反而是一个常常使人觉得可爱的优点。

6

也许我们不可能在一切事情上保持真诚,那么让我们在诗中保持真诚;也许我们会敷衍许多东西,但愿我们不要敷衍真心爱我们的人的感情。

7

完全真诚是多么难，但有一点是可以肯定的，即借助于较大的自由度，真诚将比较容易一些；越是不自由，伪善越多。

8

最高的道德水平总是在个人而非社会那里达到的。他们与一般道德水平的差距就跟天才与一般智慧水平的差距一样令人瞠目结舌。

9

最深的痛苦和屈辱莫过于在突然发觉自己朋友身上的污点的同时也看到自身宿命般的不洁。

10

用语言道歉的人有时是因为他不准备用行动道歉。

11

对于多数人来说，作恶与行善一样困难，需要同样大的勇气。在他们那里，行善如上坡（困难）、作恶如下坡（容易）的比喻应该换成这种比喻：欲行善者站在谷底面临一陡峭的石壁，而欲行恶者却是立在峰顶面临一黑暗的深渊。雨果的冉阿让令人难以置信，萨特的葛茨也只是一种戏剧的虚构。

12

天真的人能得到他们的天真的保护,心直口快的人能得到他们的心直口快的保护。只要他们确实使别人相信了他们的这种品质,就形成了他们具有这种品质的名声。

13

虚伪使一切的德行变味,而真诚使恶行甚至也幻出一层光彩。

14

我们读过,今天我们的孩子还在读的小学课本中的一课是:放羊的孩子几次说谎,叫喊"狼来了",结果最后一次被狼吃了。这还不是从道德的角度,而是从功利的角度反对说谎,然而"文化大革命"时批判这个故事说它是污蔑劳动人民,却可一笑。

15

最恶劣的私心有时可以表现为一种最无私的激动。

16

有时社会坏到了这一地步:做了件好事竟会使自己害羞和使别人感到意外。这时,行善真是需要巨大的勇气。

17

在一些阴晦的、处于道德低潮的年代里,少数特立独行的人就像阴云中一角晴朗的天空,像漆黑雨夜中的一颗星：就这么一点点光芒，也会使人们提高许多许多的。他将给同时代人一种希望，给后来者一种指引，使某一在人类中延续的线不致中断。

18

有的人愿意充当一个鹰犬的角色，并颇以自己嗅觉灵敏而自鸣得意。

19

把人们实际上奉行的道德原则揭露出来，常常会引起众人的憎厌。人们宁愿这样做，却不愿这些原则被公开主张，这使人很怀疑他们是要从隐瞒这些原则中得到好处，正像一个反对说"自我设计"的人所说的："那谁来掏粪呢？"这说明：第一，他对人性实际上抱有一种很阴暗的看法（而他还以为他在反对这一看法呢）；第二，他希望不是由自己来掏粪，而是干干净净地坐在办公室里。

20

什么时候可以对人性信任到这种程度呢？说：真诚就是我们的道德。

21

"能"言"善"辩——古希腊"能"即为"善"，"能""善"结为一体的意义一直影响到当代。

22

会有一些以非道德主义者面目出现的人自豪地宣称:我非难人们一切所谓德性恰恰是依凭真诚的德性——这是所有德性的灵魂。但这里还要注意:一个理论上的非道德主义者并不等同于一个实际上的道德败坏者(甚至按照常规的标准),人们做出各种恶行往往是因为他们的性格、气质而非他们的思想、观点。

23

人们是多么爱好虚荣啊,即使他们明明知道那是言不由衷的赞扬,也仍然愉快地接受它们。

24

在几乎摆脱了一切缺点的人那里,我们却看到他也摆脱不了虚荣。不过使我们聊以自慰的是:虚荣倒也促成了许多善。

25

在别人面前的严厉自责,有时仅是一种试探,看别人是否也如是看自己;而当别人表示自己明知是虚假的异议时,他就甚感宽慰,似乎自己的过错已不再是过错。

26

一些人老觉得自己遇到好人,一些人老觉得自己碰着坏人。其实他们碰到的人可能是差不多的,问题在于他们自己的内心和性格是容易引出别人的善还是别人的恶。

27

大人们常常希望自己的孩子不自私,但常常是礼节上的不自私。

28

把我们没做到或无能力做到的事情说成是我们不愿做或不屑做的事情,是我们欺瞒自己和别人的一种惯技。

29

人不仅会因无缘无故地伤害别人而感到快乐,还会因无缘无故地伤害自己而感到快乐。

30

有学匪是因为有学阀。

31

笛卡尔说,"谁在隐居中生活,谁就过得最好",但隐遁也可以成为一种博取名声的努力。

32

聪明的奉承差不多是百发百中的,而笨拙的奉承也能击中许多人。

33

在很大程度上,我们是为别人的看法活着。许多美德来自这一点,许多恶也来自这一点。

34

太多地顾及别人使别人腻味和自己疲累,重要的是保持一种敏锐的正义感,不要错过一生中不站出来就会终生后悔的时机。

35

一种自制和平衡的生活也同样显示着人的意志的力量。

36

人往往要在处于某一道理的受惠者的地位时才明白和坚持这一道理。例如应尊重和善待自己的父母的道理往往要到老年才懂得,只有这时他才深深体会到老年人特有的孤独和凄凉及其与世界的隔膜和对温情的渴求。然而,他再唠叨这些道理却又常常只能让人生厌,因为他已经不处于可以自己履行这些道理的有利地位了。

37

在道德上,比起对于何为得体不得体的一种精细辨别力来,更宝贵的是一种不拘小节却深明大义的品质;比起一种谨小慎微的癖性来,更宝贵的是一种见危授命的气度。

38

我们很少有权利纠正别人,别人那样做有他那样做的道理,而那道理也许还是我们达不到的。

39

我们习惯于把一切现实的东西看成是必然的,然后又把必然的东西看成是合理的,最后又把合理的东西看成是道德的。

40

在打死了那吸我们血的蚊子之后,我们可以减轻我们被咬的疼痛。

41

在做任何事情时不妨先检查自己的动机,不去做那些动机是讨人欢心或哗众取宠的事情。

42

有一些人认为别人的帮助是理所当然的,是别人应该对他们尽的义务,当别人不愿如此做时就谴责别人是自私或小气。

43

有一种降尊纡贵的恭维,如果不得到加倍的回报,马上就变成怨恨。

44

不要老是对你做过的错事加以解释,我们意识到自己错了时只需改变自己的行为。

45

我们很容易感到别人对我们的妨碍,却很难觉察我们对别人的妨碍。

46

在痛苦的人面前谈论你的快乐是十分残忍的。

47

我们很容易忘记别人的恩惠,却死死记得别人给予我们的侮辱。

48

任何没有经过诱惑的人都不能说他是纯洁的,任何没有遭受过拷打的人都不能说他是坚强的。因此,人啊,不要太匆忙和苛刻地谴责那些有失足和变节行为的人。

49

人们常常以一种使人们不受惠的方式来施惠,因而使受惠者拒绝这一恩惠,而这可能正是施惠者潜意识中所向往的。

50

自欺者最能欺人。因为欺骗能生效,往往是因为其中有真诚在,而且是巨大的真诚。

51

能够做到愉快地分享朋友和他人的成就和才华而不

掺杂一点忌妒是不容易的。

52

事后人们解释自己做某些事的动机都是有条有理的，可是你不要相信这就一定是他开始做这些事时所想到的。

53

不要轻信我们当时的许愿。当我们真心地感激某人时，我们想以后报答他。可是这许诺的报答以后大半会在无形中勾销的，只要后来并无新利益的牵导。

54

贫苦的圣徒，极少有的，而且即使是现在处在贫苦中的圣徒，也大都是从高贵温柔之乡中毅然挣脱出来的。

55

我对于人格的理想纯粹是形式的，即一种丰富而又单纯的人格。

56

理想的作用在于牵导而非允诺。

57

在我看来，朴素是对一部作品最高的赞辞，也是对一个人最高的赞辞。

58

责备——责人就有求备之意；

责难——故君子不敢轻易责人。

59

一个人的利己主义有时可以用另一个人的利己主义来医治,但正像任何药物一样,这并不总是灵验。

60

一个人随意品评别人往往有损其德,而一个组织却容易使品评别人成为"正当"的,乃至于使之成为一种"义务"。

61

在有些时候,至少对有些人来说,德行不在勤于为善,而在懒得为恶。

62

"大人与小人"的区别在今天可能比"好人与坏人"的区别更为重要,因为现代人已经变得越来越小号了。

63

坏人经常不是被好人打败的,而是被别的坏人打败的。恶恶相克即为善,或即无恶,世界上比起善恶相争来更多的是恶恶相争,而恶恶相争有时也能争出善的效果。善不必与恶争,或至少不必死争,即便"人而不仁"也不要"疾之已甚"。

我这里说的是"恶人",对人我们总还得温存一些,这还因为对人并不是能很快、很准确地判断,但当明明白白的

"恶行"与你遭遇时,你却不能不挺身而抗。

64

有关"好人与坏人"的另一点观察是:一般的好人可能确实比一般的坏人多,但十全十美的好人却肯定要比十恶不赦的坏人罕见,甚至可以说人世间没有,而人世间确有我们在有生之年对之绝望的坏人。

65

只有"付出","给予"才能留存。"得到"是自己得到了,吸收了,所以随自己的消失而消失;而"给予"是给别人,所以自己消失了,依然能在他人那里存在。

66

不能以似乎小的不义反对大的不义,不能以自己的后发的不义反对别人的已发的不义,不要存一劳永逸地消除不义念。

战争频繁的一个原因,就是人们老想发动"最终结束战争的战争"。

67

首先是"临财毋苟得,临难毋苟免",然后才是"见危授命,见利思义"。

而大多数人可能就停留在第一步,对一个社会来说,这大概也就够了。

68

告密，尤其是鼓励告密，是最伤害一个社会道德的东西。

69

对于人，我想我们大概不可能比帕斯卡尔说得更好：人是一棵脆弱的芦苇，但是是一棵会思想的芦苇，这思想就在于他意识到自身的脆弱和必有一死。

正是这种意识使人比其他动物高出一筹。我愿意在这一意义上承认"人是万物的灵长"。

但我也许还要补充一句：多数人在多数时候可能并不具有这种思想和意识，尤其是现代人。

70

人是一种脆弱、有局限性的存在，而我们的道德义务也就多半来自对于此一事实的认识：因为自己的脆弱，所以必须有义务地鞭策；因为他人的脆弱，所以有必要善待他人。

71

人的尊严并不在于狂妄，而是在于他是否懂得在弱势中也可以有尊严地做正当的事情，并在抗争之后，服从那些发生在他身上的，无论是来自人还是来自自然界的不可避免的事情。

72

社会伦理的世界基本上是一个理性的世界,这样的世界运转起来比较平稳,人们在其中能行之久远。然而,这一世界却无论如何需要一种感情来启动并不断注入活力。

73

道德看不见的一端连着宗教精神,看得见的一端则连着法律。

人们的价值观念及善恶的具体内容在不断变化和推陈出新。然而,在各种文明的废墟之下,却还是有着共同的道德地基。没有这种地基,任何人类的建筑都不可能稳固。

现时代正使我们面临这样一种处境:最小范围内的道德规范需要最大范围内的人们的同意和共识,最低限度的道德约束呼唤着最高精神的支持。

74

我看到一位母亲细声慢语地在跟她智障的孩子说话,看到一位父亲对着他美丽但却有残疾的女儿微笑。

不,这已经不是道德,这已经超出了道德。

幸福与痛苦

肯特 无题
1930 年

在繁忙的琐事之后我突然感到了宁静的幸福、深沉和愉快,多么好啊!宁静致远,宁静使人超凡脱俗,哪怕不多的一会,也使我得到了休息,获得了继续生活的力量。

我所说的宁静是一种真正什么也不做、什么也不想的状态,真正的 do nothing。

1

那在黄昏时痛苦地挤压着自己的前额的人,往往在清晨第一个向着太阳快乐地呼喊。

2

无论如何,各种幸福之间的差别毕竟小于各种痛苦之间的差别。每一种痛苦都是独特的、个别的。所以,从一个人的痛苦比从一个人的幸福更能了解一个人。

3

在繁忙的琐事之后我突然感到了宁静的幸福、深沉和愉快,多么好啊!宁静致远,宁静使人超凡脱俗,哪怕不多的一会,也使我得到了休息,获得了继续生活的力量。

我所说的宁静是一种真正什么也不做、什么也不想的状态,真正的do nothing。

4

成年人的梦几乎总是那么阴郁、暧昧、紧张、凶险,莫非这就是潜意识向我们提供的一个人生可悲的证据?

5

钱花得不够——有时一个人为花去的钱懊恼是因为他钱花得还不够,他为零钱不够而苦恼。而如果他再动用一张大票,他就会有许多零钱了。我们生活中总是有许多零碎的考虑、零碎的支出,我们常常为入不敷出而苦恼,可是却忘记使用我们一直就有的一张大票。

6

生活是严峻的,生命是痛苦的。一切幸福都具有转瞬即逝的性质,而痛苦却会长久地占据一个人的心灵。

7

人在幸福中也常有一种忧伤:觉得上帝不公平,幸运总是继续来到已经幸运的人们那里,有时候希望自己受一次惩罚。

8

书就是朋友,书就是节日。

然而,在这句话里却含有许多只有我自己知道的辛苦。

9

一场偶然的不大的火灾,马上在周围吸引了一大批兴高采烈、眉飞色舞地加以谈论的人,使人不免伤心地觉得,他们平时的生活一定是很乏味的。

10

人们常常把"命运"一词与某种必然性联系起来,而我却倾向于把"命运"看成是我们不可改变的偶然的东西。偶然的东西很多,但很多是可以改变的,而"命运"却指那不能改变的过程。"必然"意味着理由和根据,而"命运"是没有理由和根据的。

11

我们经常不是在快乐与痛苦之间进行选择,而是在痛苦与痛苦之间择其小者。

12

有些痛苦是只能一个人默默吞咽的。

13

我不知道别人是怎样理解幸福的,我只是把我生活中某些时刻记录下来,并在我的词典中简单地称之为幸福。这样,我发现,对于"幸福"一词的词义解释是最多的。

14

有些不幸是在一个美好完善的社会中也避免不了的。可是,我们稍稍留意一下周围就会发现,还有许多完全可避免的、纯属自我作践的不幸。我总是在想:如果变换一种安排,改变人的观念,即使不增加什么东西,人们的欢乐也会增加许多,至少不幸会减少许多。

15

对于我们来说,金钱的最重要意义还是能买到时间,换来闲暇。亚当·斯密、叔本华、克尔凯郭尔都会告诉你有钱从而有闲的好处。另外还有思想所需要的一定的身体的舒适和轻松。一个人在用自己的双脚下山时要比在上山时想到的东西多一些。正午负着沉重的背囊在尘土飞扬的公路上行走的人,不如在似水的月光或晨光中徜徉于林中小径上的人想得多。这些闲暇和舒适都是需要金钱去购买的。然而,对此却不能奢求。

16

我们的满足很少是因为欲望得到实现,而是因为欲望被排除或降低了。

17

我喜欢契诃夫《带阁楼的房子》里的那位艺术家,他坐在台阶上,他总是慢吞吞的、懒洋洋的,他似乎在心里说:我什么都经历了,我有的是闲工夫,还有什么痛苦呢?可是我却感到有一种更深沉的忧郁在他那里跑不掉。

18

我们在荒谬的偶然性面前感到痛苦,感到命运的可怕和神秘;同时,我们又感到这种痛苦的价值,感到它的伟大和庄严,感到从这种神秘的痛苦中正在逐渐地升起什么东西。

19

时间对囚徒最慷慨。

20

时间——一分钟有时也是一个天文数字。寿命只有一分钟的细菌,也许它们的感觉和我们的不一样,它们能感受到毫秒、微秒……这样，它们的生命也可以说是漫长的。

21

时间在痛苦的期待中变慢，在纵情的欢娱中变快。由于时间就等于是我们生命的搏动，委身于快乐实际上就等于缩短自己的生命。

22

一切都会过去，我们期待的事情会过去，不期待的事情也会过去，离我们现在很近的事情会过去，离我们现在很远的事情也会过去。

23

"性格是每个人的守护神。"使一个人幸福的主要是他的性格，而非他的外在生活条件。用古希腊人的话说就是，"幸福"（eudaimonia）即意味着有"好的神灵"（eu，"好的"+daimon，"神灵、守护神"）。因此，你要使你的儿女幸福，就要更多地致力于培养他们好的性格和品质——乐观、自信、放得开、不计较……而不是把他们今后的生活环境安排得尽量优裕。

24

怨恨的人常发现披着羊皮的狼，好心的人常发现披着狼皮的羊；乐观的人发现还有半瓶水，悲观的人发现另一半是空的；厌世者发现太阳也有黑子，达观者发现乌云也镶着金边。

25

哀莫大于心死，乐莫大于死灰复燃。

26

人的伟大就在于他的灵魂，然而，肉体绝不是不重要的，尤其是肉体的痛苦。

甚至在那具有伟大的灵魂的人那里，人也是可以通过肉体被打败的。只要对这肉体打击得足够狠，禁锢得足够久，折磨得足够重，这灵魂很可能就会扭曲或者俯首称臣。

意识到这一点并不是要为自己在事先找借口或者事后做辩解，而是要努力去谅解，乃至心疼在这种处境中放弃抵抗的别人。

并且，意识到这一点，我们才会努力去为所有肉身的灵魂争取一个较好的环境，才会不至于轻轻放过那迫害者却严厉地谴责屈服者，我们自己也才不至于动辄以英雄自炫自居——我们自己其实并没有置身过那些屈服者的边缘处境。

27

我们的性格常常就是我们的命运。我们一生的幸福更多地依赖于这种内在的性格而不是外在的境遇。

然而,我们究竟具有哪一种性格不也是一种命运?

28

人们都追求快乐与安逸,总是想直接得到它们,最后却发现人生最具有意义的快乐和安宁,还是一种战胜痛苦的快乐和一种喧嚣之后的宁静。

人生确实没有多少赏心乐事。无数良辰美景,也都要"付与断壁残垣",但还是很值得活一次。人生的首要意义就在生命本身。

肯特《航行》
1924 年

友谊、爱情与婚姻

肯特《恋人》
1928 年

婚姻和家庭的一个重要意义在于给人以一个沙漠中的绿洲、一个海洋中的小岛。当我们厌倦了那海浪的呼啸，厌倦了那可怖的沙暴，我们就来寻求这温煦和宁静。可是不多久，我们可能又会渴望那外面的高原或彼岸。但愿我们有一条结实的船，才不致在往返中迷失。

1

对友谊和爱情的哪怕是一种自欺的相信也有助于巩固它们。

2

防人之心比算人之心使一个人更快地失去自己的朋友。

3

酒越久越醇,友谊越久越真,当一个人到达某个年龄,会觉得自己几乎不再需要新朋友了。

4

保持旧友远比结交新友困难。

5

朋友之所以成为朋友,不在于大家都做同样的事情,有时倒在于大家各自做不同的事情。

6

谈论友谊也是友谊的一个组成部分。或者是:谈论我与他的友谊,以邀请你与我的友谊。

7

热情也许能使你得到较多的朋友,但远不如冷静更能使你保持朋友。

8

朋友常常必须隔开一段时间和空间的距离才能友好

地相处。

9

你首先要表示出你看重那一份友谊,别人才会跟你发展那一份友谊。

10

所谓坦白,并不只是为了证明友谊,更重要的是使自己卸下心灵的重负。

11

如果说我们每个人身上都还存有一点使人幸福的能力的话,那就是爱的能力。并且,只有爱是在给予别人时不仅毫不丧失,而且是增多了。

12

对于某些不幸者,例如爱情上的失意者,我们有时只能怜悯和同情。虽然我们知道这种怜悯和同情的无力,知道它甚至会被某些受苦者感到是一种侮辱,但我们确无他策。我们希望这种怜悯有一天会到达被怜悯者的心里,我们的怜悯丝毫没有优越感,因为它也是对我们自己的怜悯。

13

把爱情与性欲结为一体的要求是有文明但又还不够文明的时候提出来的。

14

对于有些人来说,爱情的意义就是能躺在爱人的怀里倾诉自己一切的软弱和愤激。必须不时有一次完全的敞开,才能卸下心灵的重负;必须不时有一次彻底的放松,才能重新鼓起生活的勇气。不然,在这个世界上活着就太艰难了。

15

光是人们在爱着,这件事本身就是美的,不管在什么地方,什么时候,什么人。爱着,连一个罪犯的爱也是圣洁的!

16

个人生活中的任何一种美都会浸染、传送到其他方面,而这里面最高、最富有感染性的一种美就是爱。

爱不仅使一个人的外貌变得美丽起来,也使一个人的内心变得美丽起来。

美不是互相排斥的,美增加美,爱增加爱。

17

一个追根究底的女人是不可爱的,无论是理论上还是生活上的追根究底。

18

爱情意味着互相关心,但在大多数的婚姻里仍然是一方关心自己甚于关心对方，然后才是关心对方甚于关心其他一些人。

19

男人在爱情中几乎总是达不到女人所达到的深度，他只能说："在我面前，还有一个更广阔的世界。"

20

男人需要孤独和自由，女人保持他们的爱情的一个秘密就是至少让他们觉得他们拥有自己的孤独和自由。

21

即使是两颗软弱的心，合在一起也会产生巨大的力量。

22

爱情使人变傻：情话是一堆傻话，情书是傻话连篇，情人则是一个个小傻瓜。

23

我在爱情中寻找的不仅是一般的温情和友谊，而且是一个可以把内心的全部秘密和我相互托付的人。

24

有时不敢做一件事是因为爱得太深、期望太重而不敢担那份风险，不敢看到那可能的毁灭。没有也就坦然，从无也就心安。

25

我们常常发傻,不知道脑的需要也会引起心的需要,对理解的渴望也会转化成对爱情的渴望。我们常常划不准异性间友谊与爱情的界限。

26

女人多爱她崇拜的人,男人多爱崇拜他的人。

27

爱情是一种不断的发现,不断地发现对方身上新的特性、新的优点。有时我们以为已经非常了解对方了,但是突然又发现了新的东西,这就给爱情注入了新的活力。在有些女性那里,爱情是一口汲不干的深井,她们能使对方对宁静和探险的渴望同时得到满足。这样的女子是罕见的。

28

默默的、近乎绝望的爱,仅仅这一点就是让人感动的。

29

爱情到处都是一样的。我们也许可以从只属于自己一次的爱情中体会到它的全部意义。

但爱情又不是一样的,它在任何两个爱着的人那里,都有自己的独特形式。

全部价值就在于一次性。

30

在一起,看到她在看我;分开时,想到她在想我——这是令人幸福的事。

31

如果我痛苦得还不够,那是因为我爱得还不够。

32

爱情难是因为平衡难。我真想看看平时总是行为得体、各方面关系处理得非常周到的人是怎样走爱情这一钢丝的。但也许他们并不是通过爱情来达到和维持婚姻的。

33

夫妻常常只是意味着一个可以随时拥抱的身体的一颗可以随时放松的心。

34

如果说青年时期对身体的欲望主要在于快乐,晚年对于身体的欲望则主要在于温暖。

35

热烈的恋爱并不是婚姻稳固的基石:结婚是第一次大的颠簸,生孩子是第二次大的颠簸。有幸经历过这两次大的颠簸的人仍不免喃喃自语:我们已经走了那么远,可是还有那么远。

36

婚姻生活的一个最重要艺术是懂得怎样妥协。

37

婚姻和家庭的一个重要意义在于给人以一个沙漠中的绿洲、一个海洋中的小岛。当我们厌倦了那海浪的呼啸,厌倦了那可怖的沙暴,我们就来寻求这温煦和宁静。可是不多久,我们可能又会渴望那外面的高原或彼岸。但愿我们有一条结实的船,才不致在往返中迷失。

38

夫妻间的纠葛是说不清楚的,一大通的解释往往显得多余,而一个吻、一个清早的太阳就解决了问题。重要的是不要使夫妻间的纠纷变成别人的事。

39

人生难得一知己,人生更难得一爱人同时是妻子和知己。

40

关系就是关系。对于它们,比如说婚姻关系,你可以把它看成锁链,也可以把它看成项链;你可以觉得是一种痛苦的忍受,也可以觉得是一种愉快的享受。

41

有时一个女性具备了一切在事业上成功的主客观条

件，但依然一无所成的唯一原因是：她有一个幸福的家庭。

42

在婚姻生活的幸福之中，最动人的一幕也许还不是最初的那种如醉如痴的爱情，而是最后那种心心相印的相互依恋和理解：一起坐在菩提树下，不说一句话，却什么都已知道，安静地携手告别这世界。

43

当婚姻生活中遇到爱情解决不了的一段泥泞路时，义务感就出来拖着我们走，直到它可以重新交班给爱情为止。

44

有时依然保持着婚姻形式的唯一原因不是别的，而只是：我们互相已经是那样了解。

45

一个人有时可以对自己稳固的婚姻这样说：不是我怎么样，而是对方太好了。

46

爱情能够做加、减法吗？甲的美貌+乙的地位+丙的财富+丁的什么=理想人儿。或者说甲倒很好，但必须减去他的贫穷，加上财富。

不应该这样，爱一个人，应该爱他的全部人格，爱他区别于别人的东西：一些是你觉得可热爱的优点，另一些是你感到可怜悯的弱点。

"不要见木不见林"吗？而爱正是见木不见林的!

47

再高尚的情爱也有它世俗的一面，再庸俗的做爱也有它脱俗的一面。

48

"我爱你"，这句话说过亿万遍了，但还是引起一次次的心跳过速和血压上升。

49

人总是在最需要和最渴望爱与友谊的时候才会发现：有些人几乎注定是要孤独的。

能否孤独，或者说能否承受孤独，也就成为鉴别极少数和大多数的一个标志。

50

中国人的性曾经被政治掩盖，我们曾有一个至少表面上看不到性爱的年代。

然而，性爱、婚姻将越来越成为未来的焦点。男女关系中发生的变革，将是人类关系中一场最深刻的变革，一切都将在这种变革中受到考验，主要的快乐和痛苦都源于此，而人类最大或许也是最后的希望也在这里：人与人是否能通过爱达到契合无间？

肯特《未知水域》
1919年

关于孩子

肯特《你的情人节》
1927年

使孩子可爱的经常是他们身上非理性的东西,即所谓天真,是他们奇怪的逻辑和不可理喻的行为。因而,也可以说,对孩子的热爱,就是对我们自己身上已被抑制的非理性的东西的热爱。

1

使孩子可爱的经常是他们身上非理性的东西,即所谓天真,是他们奇怪的逻辑和不可理喻的行为。因而,也可以说,对孩子的热爱,就是对我们自己身上已被抑制的非理性的东西的热爱。

2

我们如此爱我们的孩子的天真烂漫,可是我们为他们准备了一个怎样的世界?

3

我对一个有点懊丧的父亲说:"没有丑的孩子。"而一个孩子还告诉我:"没有丑的动物。"

4

远方的父母说要来和我们一起过春节,而女儿在元旦前就等不及了,写了一张明信片寄回去:"元旦就是春节,快点来!"

元旦就是春节。你就是我,我就是你。我的孩子,你教给我的胜过一个逻辑学家。

5

过了一个年,脑海里只有一团忙忙碌碌的杂乱印象。过年对中年人意义最少。然而,当看到孩子的雀跃和老人的微笑时,又觉得值得。我们都会老,我们也都有童年。

6

躺在地上,看房间里的东西,马上使自己获得了一种新的视角,于是理解了孩子们为什么会喜欢钻到床底下、桌子底下,这样他们能发现许多新鲜的事情,甚至创造出美丽的童话或骇人的故事来,而我们大人却因所谓不雅而失去了这一机会。

7

可怜天下父母心,也可怜天下儿女志。

8

我们的儿童时期,有一段是我们可以真实地加以回忆的时期,有一段则是梦与真混淆的时期。我们不知道那在回忆中呈现的印象是我们当时的真实情况还是我们后来所做的梦。而再往前的一段记忆则是由他人,由我们的父母和其他亲人保管的。

9

对一个女孩,我们更希望她幸福而不是她成功;对一个男孩,我们更希望他成功而不是他幸福。

10

孩子许多"无理"的要求你过后都会觉得有理,他们的思想有自己的思路、自己的理性,很难说成人的理性就胜过孩子的理性。

11

只要善于体会,孩子教给大人的东西并不亚于大人教给孩子的东西。

12

现代派绘画大师的某些大作和孩子们的胡闹任意之作的区别常常在于:前者也能画出逼真的现实主义作品,他们经过了学院的正规训练,或者有某些学位、头衔保证他们不是胡闹。他们在别的方面都很正常甚至严肃,他们有精湛的学问或者广博的专业知识或专业以外的知识,他们懂外文或者会弹钢琴,或者对妇女彬彬有礼,最后他们还往往有理论来说明他们的作品。

13

幼童最大的进步是进入一个语言的世界,然而这一进步是通过损失对图形和形象的敏感获得的。

14

在刚实行夏时制的日子里,父母按拨快了的表继续让孩子准时睡觉,孩子却不干了:"怎么,刚天黑一会儿。"他们不受钟表的影响、时间概念的影响,他们的时间就是他们的感觉。

15

看女儿的绘画:她画母鸡要画出鸡肚子里面的蛋蛋,

画小鸟要画出里面的心脏,画人的鼻子要画出两个朝向我们的鼻孔,并把自己感兴趣的细节不管比例地扩大,如指甲、扣子、牙齿。由此,我体会到孩子的思维倒是立体的、有穿透性的。

16

孩子们喜欢信手涂鸦,而大人却总是想让他们走描红的老路。

17

父母对子女的爱胜过子女对父母的爱,这正是大自然的巧妙安排。

18

对儿童,可以使他们受到考验,使他们常常面对困难,可是永远别使他们屈辱,别使他们感到世上无一人同情他。

19

女儿不愿意要弟弟、妹妹,而非要妈妈给她生个哥哥或姐姐,她大惑不解怎么会不可能再有这一幸运了。并且,她不认为人不吃饭就会死,而是认为会变小,变得就像"我不懂事的小时候"那样。她只有四岁,可是我有一次发现,她和幼儿园的朋友都互称"老何""老李"了,留给我的只是"老爸"。她说:"一个毛毛,长大了就变成阿姨、叔叔,老了就是爷爷、奶奶,再老,老完了就死了。妈妈,我不要死,我不要死嘛!"在孩子那里,我们发现比大人更执拗的对于时间的抗议。

20

在教育上亟须破除的一个偏见,就是以为只要有良好的后天教育,就能使每个孩子都成为天才。

一切不看对象的超前和拔高的教育都等于是摧残孩子,用成人都难以承受的重负将他们压垮。

教育的一个基本目标和成功标志,是要使人们能够自我教育。

肯特《树木》

孤独与自由

肯特《深水》
1931 年

寂静是一柄双刃的利剑，有时我们可以利用它来飞快地进行我们的工作，而有时它又反过来割啮我们的心。这时，我们害怕寂静，希望有一点声音，可怕的是这样的时候：半夜时分突然醒在床上。

1

可怕的还不是孤独和寂寞,而是你不得不同你不愿交往的人打交道。

2

你有伴吗?是的,我有伴——在房间里与我的书为伴,走出门与我的影子为伴。

3

最忠实于我、永不背弃我的大概只有我的忧郁了。

4

沉默替我下逐客令,沉默为我挡开好奇的眼睛和想说话的嘴——我这阴郁的沉默,不讨人喜欢的沉默,咫尺之内却拒人于千里之外的沉默。然而,有时这沉默可成为一种迫使人滔滔不绝说话的沉默,自然那时一般只有两个人在场。

5

在极度欢乐和极度痛苦的时候,都没有诗。诗是曾经繁茂而今冷落的园子里偷结的果子,诗是巡道人的小屋在火车"轰隆隆"驶过后留下的静寂。

6

最大的欢乐和最深的悲痛,都埋在我们自己的心里。

7

寂静是一柄双刃的利剑,有时我们可以利用它来飞快地进行我们的工作,而有时它又反过来割啮我们的心。这时,我们害怕寂静,希望有一点声音,可怕的是这样的时候:半夜时分突然醒在床上。

8

寂寞难耐,但当去和别人说话或别人来访时,有时却又发现前面的寂寞还好忍受些。

9

有时,你可以感到周围某种浅薄,而假如你指责这种浅薄又会使自己陷入浅薄,保持尊严和高贵的态度只能是沉默地忍受。

10

从否定方面理解自由也许对于我更有意义:即自由不是在于可做我想做的事情,而是不做我不想做的事情。

11

哲学的自由——即使自以为认识到了某种必然性,对这种必然性也仍然有一种感情和意志的态度,奇怪的是,一般承认某种必然性的人都是对这一必然性取赞成和支持的态度,而很少是持反对态度的。所以,我怀疑在认识所谓"必然性"的过程中就已经掺入了情感和意志的因素。这大概也就是必然论者有时行动比自由论者更为坚决的一个原因。

12

政治的自由——这里的自由实际上只是一个度的问题，是一个多少而非有无的问题。自由的程度总是依赖于社会的成熟程度，人们的觉悟程度，而且，与其说是更多地依赖于治者的觉悟程度，不如说是更多地依赖于被治者的觉悟程度，而能够最大程度地实现自由的地方，也就是治者与被治者的差别较小，并可以自由地互换的地方。

13

有时自由度太高和信息量太多也是一种祸害。

14

我们总是缺乏勇气而非缺乏自由。

15

控制表达的形式就意味着在相当程度上控制人们的思想。

16

对属于自己的某些物品的珍惜常常意味着保存它们，轻易不用，轻易不示之以人。而对属于自己的权利的珍惜却意味着需要经常使用它们。并且，为了有效地使用，就必须首先学会争取，然后保卫这些权利；就必须不断地在公开使用中向别人证明,得到别人的肯定。无论如何,不会使用权利几乎就等于不能享有权利。

17

公共生活和私人生活的混杂不分造成了公共生活的不发达和私人生活的不发达:个人的私事成为每个人的事,干涉的手段从街谈巷议直到游街沉塘;而公共的事却成为没人管的事,一方面是隐私最多,一方面是任人宰割。

肯特《蒙着面纱的女人》
1912年

读书与写作

J·奥尔登·威尔《读书》
约 1887—1893 年

重要的是写出来，不管我们的思想如何琐屑和卑微，不管前人是不是已写过类似的话，只要是种子就让它发芽，只要是蓓蕾就让它开花。我们需要生命力的自然流露，虽然我们会不无痛苦地感到：每一种思想在表达出来时就已经和它的原型有点差别了。

1

书就是输。爱书的人来到这个世界上,本来就是要此世做一个大输家,而不是做一个大赢家。

2

许多的书互相抄来抄去,不能不说是一种时间的浪费,尤其是精力的浪费。作者精力的浪费倒还是咎由自取,而读者精力的浪费却无异于谋财害命。

3

读书的艺术就是舍弃许多书不读的艺术,就是懂得怎样把书读得慢,并且知道:书是读不完的。

4

一本好书到了爱它的人手里,是读书人的幸运,也是这本书的幸运。

5

雁过拔毛。凡书过我手,我总让它在我这儿留下一点痕迹。当然,这只是对雁而言,而不是对那些飞得低低的向你聒噪的麻雀。

6

人们写下了多少废话啊!书已经出得够多了,以致人们要沙里淘金才能读到一些真正好的书。那么,为什么还要增加人们淘金的困难呢?但也许,沙里淘金才是读书真正的乐趣所在。

7

如果说，在文化禁锢的年代，我们不得不拼命地阅读手头能找到的每一本书，想从一枚贝壳中吮吸出一个大海，从一线漏下的光中吸收一个太阳的光和热，那么在出版物繁荣的今天，我们应该读一些真正好的书，一些能把我们引向深邃而浩瀚的大海而非枯水的沟渠的书。

8

如果桌子上放着两本好书——一本好的哲学书，一本好的小说，在没看以前我可以很理智地根据情况选择先读哪一本。但是，一旦选择了读小说，我的迅速热烈而膨胀起来的心却不会再听从理智叫我放下书来的命令了，而读哲学时，有时倒很乐意把书放下来，这时心里也许会有悠扬的钟声，一下一下地敲着。

9

在"文化大革命"中，我曾经努力把阅读某些偶尔遇到的文学经典作为检查自己对自我的清洗和批判达到了何种程度的一个标准，我虔诚地按照报纸上的指示，把巴尔扎克、雨果、托尔斯泰等人的作品当成仅仅是社会政治经济状况的一幅形象化图解去读，我曾达到过七分成功、八分成功、九分成功，但一刹那间又一败涂地了——我完全沉醉于其中了。

10

防止庸俗、集中精力的一个办法是只读经典,那是经过历史淘汰保留下来的东西。

11

创作就是回忆,或者仅是回忆的重组与再造。因此,作家讲的都是故事,都是朝花夕拾,旧事重提。创作总是要首先回忆一点什么东西,现实主义者长于回忆细节,浪漫主义者长于回忆情绪。

12

如果说有一种魔幻现实主义的话,那么也有一种情绪现实主义。在它那里,虽然细节走了形,但表达着一种真实的情绪。

13

写作中重要的是使思想流动为一条线,而不是反复揣摩那一个个的点。

14

有些人投身创作只是因为他们把自己的感受力误认为创造力,他们以为能感动自己的也就能感动别人,因而自己把自己投上一条痛苦之途。

15

诗是经营空白的艺术。即使是一篇散文,把它按诗行排列,也已经有诗的一些意思了。

16

"最好"是"好"的敌人,由于总是潜藏着最好的语言结合方式、最确切的词汇、最美妙有力的修辞,使写作成为一件苦事。

为了使写作得以进行,我们只要常常满足于"还好"就行了。

17

有的人只有在说的时候思想才流动,而有的人只在写的时候才流动。

18

重要的是写出来,不管我们的思想如何琐屑和卑微,不管前人是不是已写过类似的话,只要是种子就让它发芽,只要是蓓蕾就让它开花。我们需要生命力的自然流露,虽然我们会不无痛苦地感到:每一种思想在表达出来时就已经和它的原型有点差别了。

19

对于作者来说,被遗忘的命运远比遭到批驳更为可怕,有的书生下来就是死,无声无息、不臭不香,这样的作者就应该考虑换一个行当了。

20

挣钱亦不失为写作的一个动机,只要警惕心不为物役,懂得适可而止。其实人们的写作动机是复杂的。救世启蒙常与养家糊口混在一起,还有母鸡下蛋般的纯粹的写作快乐。只要书是好书,我们对作者的动机就没什么可指责的,就像对罗素写的《把握幸福》和《相对论入门》,谁让我们以此谋生呢?

21

诗是属于少男少女的。当然,有些人年纪虽然很大了,心灵仍然保持青春的激情和可贵的天真,他们像一些永远长不大的孩子。但是,当看到一些仅仅因为某种职业的惯性甚至愚蠢的骄傲而仍然混迹于诗坛的人时,就像看到一些老头儿仍然努力打扮得年轻而跟少男少女们搭讪一样,总不免觉得可笑。我的一个坚定的看法是:人一旦过了三十岁,如还没有在诗歌上搞出什么大名堂,就决不要再搞诗了。

22

在所有的艺术形式中,诗最难骗人。因而,真正的诗人也最为潦倒。

23

对于爱情、死亡、自由等一些古老的题材而言,再说些新东西是不容易的,可是如果我本来就不想说新东西,我也许就还能说出些新东西。我寄希望于我处的时代和我个人的体验,以及我特有的表达方式。我希望我鼓起勇气在这些题材上所说的话不会妨碍别人(包括以后的我自己)在这些题材上继续发表意见。

24

写作时总是有这么一种恐惧:即世上人们写的东西已经太多了。"你不流泪,这世界上也够潮湿了";你不写什么,这世界上的书也读不完,且近视眼的数目在与日俱增。我想到此时就想放下笔去看足球比赛。

25

促使我依然动笔的倒不是要向世界上那些真正美好的作品和大师看齐,而是:竟然有这么多糟糕的东西被拿来出版。

26

艺术的革命首先在于形式的革命。我们决不能说现在的艺术形式就已把一切的形式囊括无遗。我时常想,唐朝有几个蹩脚、难见经传的诗人也许本来可以成为很有力的小说家;而有些大师,例如杜甫、白居易,未尝不可以写出能够和他们的诗歌媲美的伟大的小说来。所以,应该鼓励各种形式的试验。

27

所谓想象,就是记忆材料的打乱和重组,就是给记忆中的东西设置各种假设条件看看会发生什么。

28

某一个阶段的座右铭是:

多多地读书,尽量读那些最好、最有价值的书;

另一个阶段的座右铭则是:

多多地写作,哪怕写出最差、最糟糕的东西。

29

写作是一种妥协,是我们的能力与我们的目标之间的一种妥协,是我们笨拙迟滞的表达方式与我们敏捷活跃的思想之间的一种妥协,是我们自己与先前大师之间的一种妥协,是语言与灵感、实力与渴望、静止与流动、单调与丰富、明确与隐含、笔与脑、脑又与心之间的一种妥协。

30

印成了铅字的东西总要比手稿多一些说服力。时常有这样的事:看手稿很不满意,看印成的书却觉得不错。

31

我的原则是:让一切内在的都变为外在的。你不说出或写出什么来,你就不能说你有什么深奥的思想;你不译出本书来或以别的方式证明,你就不能说你掌握了这门外语。

32

创作就是回忆,但我们常常有办法把可供回忆的过去变成自己想要的模样。

33

卡夫卡的意义就在于,他写下许多无意义的事情,使你确实觉得那里面有一种意义,然而,当你仔细分析下去,发现那还是无意义。

34

具有艺术气质的人不能老是克制自己内心的浪潮而去适应环境,这样久而久之,艺术的生命也就完结了。

因为,凡是对生活有利的,常常对艺术有害。

35

有时用深奥的东西来吓唬一下读者,但作者心里知道,他是否吸引人还是在于那些朦胧中趋于明朗的东西。

36

隐晦在有的作者那里是朴素,在有的作者那里却是做作。

37

在描写自然景物时,我们必须细致,但这是一种文学家的细致,而不是生物学家的细致。聪明的作家懂得怎样把握那一使自己不致从前一种细致转到后一种细致的度。

38

在各种事业中,最多的人选择文学,而只有最少的人成功;而在文学的各种形式中,亦是最多的人选择诗,最少的人成功。但是,从另一面看,每个选择者又都没有失败,因为他获得了他可以获得的东西,并且向别人证明了他对生活的热爱和生命的某种力度。

39

朴素地说出你所感受到的一切,朴素到没有什么就不说。

40

《圣经》是朴素的,《古兰经》是朴素的,几乎一切宗教经典都是朴素的,然而几乎没有什么作品比它们在人类历史上造成更大的影响。

41

年轻作家们开始创作的头几年都还处在一个"循规蹈矩"的乖孩子时期,后来却以一种加速度迅速地发生了分化。终于,今天有很少的几个人达到了他可以不理会社会,而社会却必须理会他;他可以不理会一般人仍必须遵守的文学规范,而规范之门却必须向他的独创性开放的程度。他们现在终于有了某种权利大声说"不",他们有了一种在自己的作品中随意挥洒的自由,其作品却仍然被相当广泛地欣赏乃至激赏,由此他们达到了自己创作才能的高峰,而自身在思想上则呈现出色彩极为不同的成熟……那可能就是他们本来的自己。

42

一个衡量创作与学术的标准是:假如换一个时间、地点写,将写出很不同的东西,那就是创作;假如仍然大致不变,那就是学术。

43

家藏的书是"洗手读书",从图书馆借来的书是"读书洗手"。

44

我们已经有过文学形式的革命,但尚未有学术形式的革命。

45

"敏感而朦胧",说得很好。不仅艺术家要保持这样一种状态,甚至思想家也需如此。

46

学术首先是"学述",学习怎样阐述,这是更强调掌握规则的过程;

学问首先是"学问",学习怎样提问,这是更偏于致力创造的过程。

学问是个人的,学术乃天下之公器。

学术有界,学问无涯。

47

文学能力常常意味着一种整体能力,可以用作衡量一个人整体水平的标志。因为文学能力往往意味着表达能力、语言能力、组织思想的能力。一个严谨的学者可能有意抑制,有意地不显露这种能力,但这种潜能还是存在。这在人文领域中更显而易见。在各个高峰,往往借以沟通的也是靠这种能力,它还意味着一种共同的美感。

48

就像有时只是到外面野地里快走,而不管人们是否把这叫"散步"一样,你也可以完全按你自己的心愿去读书和写作,而不必管人们是否把这叫作"学术"。

49

写作是我永远的诱惑,又是我永远的困惑。我无比地确定要写作,又无比地不确定自己的写作方式和风格。

肯特《我们上次看到的海湾》

1919 年

天
才

肯特《孩子和羔羊》
1926 年

我得承认我自己的一个弱点：我的心不可遏止地朝向那些天才，那些心灵极其独特和伟大的人，哪怕他们个人有一些怪癖。因为这是一个优越性和独特性日益被抹平的时代。

1

天才的无忌妒心和赞扬别人常常只是因为他深信别人超不过自己。因此，倘若遇到一个更大的天才，他却可能吝啬赞辞。

2

有一类柔弱的天才，他们个人的生活是失败的，但他们低着头说出来的话却值得人类想几百年。

3

思想界的英雄比历史活动中的英雄更具个性，因而也更难以代替，至于艺术的天才则总是无可替代的。

4

在同代人中，在当代的舞台上，大家同时活动着，看起来好像相差不多。可是时间的流逝，一代代人的离开，就给这些似乎相同的人分出了等级。现在知道莎士比亚的人，有几个还知道与他一起进行戏剧创作的作家呢，尽管他们当时的名声可能相差不多？

5

接受天才需要两个条件：时间和中介（人的中介）。科学天才更有赖于中介，艺术天才更有赖于时间。

6

天才常常需要从远处发现，需要通过对他不知或知之甚少者去发现。

天才像一盏巨灯,一直沐浴着其光辉的人可能并不感觉到,而从远处走来,知道其背景的人却能较好地鉴别。

7

天才反抗社会制约性和历史制约性,普通人也能对这种制约性做点什么。

8

一位思想大师有多么伟大和睿智,他的一些所谓弟子就有多么猥琐和愚蠢。另外,我们不仅要注意一位大师已经做的,还要注意他来不及做但打算做的。然而,就是在这一点上,有着无穷无尽的争论。

9

神童是天才,是被人们从小就发现了并得到鼓励的天才,而未被人称过"神童"的天才则应该自己鼓励自己,大胆地向前迈进,清除一切犹疑、畏缩的灰尘,显示出自己的光芒。

10

虽然老天爷并不是慷慨的,它造就很少的天才,它还使每个天才的全部才力、性格、感情的组合不是那么平衡以顺乎当世,它还使他们大多碰不到一起,心灵不得沟通。但是,天才总是要致力于完成自己到世间的任务的,总是要致力的。

11

一个天才如果受到尊重,得到信任,他也许会豁尽其全力来谋公益的。可是如果他受到猜疑、轻视甚至侮辱,或者不考虑他的才能,而只是因为他的某种古怪脾气而责难他时,那他的怨恨也是可怕的。

12

天才常常因自己能做的事情而鼓励别人也这样做,这是他们容易犯的一个错误。

13

天才的一个标志常常是:他几乎不读他同时代的人的作品,而那些作者却必须读他的;他不思考他们争论的问题,而他们却要考虑他想的。

14

有两种性格的天才(或非常聪明的人),一种是柔弱的、妥协的、好说话的、随和的;再一种是刚直的、尖刻的、傲气的、好斗的。后一种性格更能使才能鲜明地凸现。

15

关于一个人多么难以确定自己——例如一个具有某种天才素质的人,他最好生在一个中产阶级的家庭,因为他要能受到起码的教育(那些素质不在童年时唤醒,而在青年时才醒过来就太可惜了）；他要有点书读，他最好不致过早负起生活的重担而放弃学业；他要从小就有接触几种主要类型的人、几种必需书籍的机会；他要有朋友，或者一个可以崇拜也确实值得崇拜的人。他依靠这些才能不满足地不断上进，不至于刚掘开泉眼就罢手，满足于只让它流满浅浅的一层，甚至让枯枝败叶把泉眼封住。他应该呼吸到时新的空气，接触预示潮流的新鲜知识。他惶恐地走向社会了，他常常只能得到一个不情愿的职业，那只有靠偶然的机会才能得到挽救。他具有热情敏锐的感觉，激烈的心跳、冲动和易趋极端的想法，这很容易致其死命，或者堕落，或者平庸。怪癖消失了，天才也消失了。他应该有韧性，而又不让这种韧性变成平庸化的缘起，变成只是一种求生的保护色。他需要丰富多彩的生活，需要广泛的题材和刺激、选择的自由和创作的条件，需要温饱、朋友、交谈、爱和被爱、帮助别人和被人帮助，而在每个关卡也许都要卡掉一半乃至一半以上有巨大才能素质的人。何况具有天才素质的本来就很罕见呢！这就是我们现在所看到的天才太少的缘故。

16

波普尔说："从阿米巴到爱因斯坦只有一步之差。"可是反过来也可以说，从当代另一个科学家到爱因斯坦却仍有无限的遥远。

17

天才是埋不住的,除非他自己掩埋自己。

18

在长期的困境中,有没有天才曾经对我是一个重大甚至关乎生死的问题。

19

有些人并不乏巨大的才能,而是缺少一点儿胆量或者性格中少一点刚。这样,他们就自己把自己降到中才的水平。

20

为什么"仆人眼中无伟人"?他们看到了伟人身上低级的东西,那是他们所拥有的、熟悉的东西。但他们看不到伟人身上高级的东西,那是他们所不熟悉的、所不能领悟的。他们什么都知道,但那都是外在的、吃喝拉撒睡一类,内在的东西他们就不容易知道了。

有鉴于此,为了对伟人和天才们公平,也许就还是有某种隐讳为好,这大概也是孔子主张"三讳"的一个理由。

21

现在,消解各种各样的神话已成了一种时髦。揭发丑陋,窥探隐私,尤其是揭探那些天才的丑事,成为有些人乐此不疲的工作。一个个光环被打破，一个个神坛被掀翻，"渎神"确实是一件非常快意的事情。

有些揭露是必要的，因为它们确实揭示了真相，除去了因为我们的盲目崇拜而加上去的虚假光环；有时这种揭示甚至使我们感到我们推崇的人物因为他们的缺点更自然，与我们也更亲近了；有时则使我们看到了一些所谓"英雄""伟人"的虚假性。

可是，从事这一工作必须同时具有一种积极的精神。而有时想起来确实令人悲伤：有什么事不好做呢？有多少事可以做啊，而有人却到处想去发现人类的缺点和丑恶，尤其是那些天才的丑陋。有些人说，他们到世上来，就是想发现善、发现美，我们即便不愿这样，也至少可以做些自己的事。

22

我得承认我自己的一个弱点：我的心不可遏止地朝向那些天才，那些心灵极其独特和伟大的人，哪怕他们个人有一些怪癖。因为这是一个优越性和独特性日益被抹平的时代。

23

对政治家应比对艺术家在道德与人格方面有更严格的要求，而对吾邦的政治家应比对异邦的政治家要求更甚，其原因就在于前者更严重、更直接地影响我们的生活，而且其势力常常使人们不仅在他生前，甚至在其死后仍然对他的缺点讳莫如深。所以，在并非能够对所有人都一视同仁地予以批评的情况下，仅仅揭露那些本来就孤弱的艺术天才的缺点就有一点不公平了，这就是我们在做这种事时需要一点谨慎的原因。

24

我们要学会理解和尊重，理解并不是要将那高出我们的对象拉下来，降低到我们的水平，而是我们自己要努力上升。我们还需要有一种对死者的厚道，哪怕这只是因为死者不可能回来为自己辩护。

25

有些人，确实，他们什么都知道——或者更确切地说，是什么都想知道，尤其是想知道那些他们以为能把伟大的心灵拉到与我们同样水平的缺点。

26

就像中国这一大块土地让你捉摸不透一样，中国这广大的农人子弟也让你捉摸不透，不知从什么山坳坳里，从哪个低矮的屋檐下又冒出个人尖尖来。

肯特《放牛》
1914年

语言与幽默

肯特《树》
1928年

语言的魔力有时是连金钱都自叹弗如的,它能使黑变白、丑变美、错变对、卑贱变尊贵、失败变胜利,而且让人心悦诚服。

1

语言的魔力有时是连金钱都自叹弗如的,它能使黑变白、丑变美、错变对、卑贱变尊贵、失败变胜利,而且让人心悦诚服。

2

石在,火种是不会灭的;舌在,祸种也是不会灭的。

3

既然人类是进化到了非说什么不可的时候才产生了语言能力,难道我们今天不是可以责备许多人滥用了这一能力吗?

4

心灵相通的一个困难是:当你已知道由于你的语言(包括形体语言)使人发生了误解,你的进一步解释只能加深误解。

5

"商务"——一家严肃的并非以商业谋利为宗旨的出版机构;"人生"——一家讲计划生育的刊物名称;"未名湖"——可是有几个湖比它更有名呢?

6

"烂"单独看起来无论从哪方面都引不起赞美的感觉,但当它与"灿"结合为"灿烂"一词时却变得多么辉煌。

7

上帝要使巴比伦塔造不成，不需切断原料供应、停发工资和奖金，更不需亲自大发雷霆，将其震毁，而只要使造塔的人们语言不通就足够了。

8

语言是理解之途，又是误解之途；是一条隔开我们的河，又是一座引渡我们的桥；语言把我们结合起来，又把我们分隔开来。

9

为了力量有时必须舍弃语言的规范，破格的思想需要破格的语言形式。

10

每发表一篇文章，每发表一通言论，都可能给自己加上一个包袱，因为，为了维持自尊和自信，为了维护自己人格的完整性和行动的连续性，我们总是习惯于把自己做过的事都看作是对的。所以，我很怀疑，有时"信念"和"信仰"不过是一种不自觉的惰性，是一种对自己过去的肯定和一种赖以继续存在的生活方式，而没有这种因袭的重负正是青年的一个突出优点。

11

语言的力量，从我们如此重视别人对我们的看法可以略见一斑。

12

说话是一种奢侈，我们为它付出的代价是昂贵的。

13

如果人们有耐心倾听，这世界上就会少许多纷争。

14

意义最丰富而形式最简单的词大概就是感叹词了。我觉得人的语言最早是从感叹词发展起来的。直至今天，感叹词仍保持着某种可贵的原始性，即在最简单的形式中所包含的语义的不确定性、敞开性和丰富性。对此，我们只要想想，一个"啊"字可以包含多种意义。

15

不仅要看说了什么，还要看是怎么说出来的，后者甚至更重要。内容是永恒的，形式是时代的。因而，对于作为有限的时空存在的人，形式是更为重要的。

16

我们不会细想"天安门"的字义，直到我们有一天听人提到"地安门"。我们往往只是在初次接触一个词时才细究其含义，可是大量的词初次接触是在我们的童年。我们那时就把它们一股脑儿都接受下来了，直到现在。

17

语言的魔力——把"我们输了"的说法换成"他们赢了",甚至进而换成"他们没输",同样是说实话,却能产生不同的效果。

18

《康定情歌》从"跑马溜溜的山上,一朵溜溜的云"一直到"溜溜的"姑娘、小伙和"溜溜的"求,可能用许多形容词都不如这一个"溜溜的",它不仅简洁,还给人以一种新鲜有力的直感。我们现在有了许多表示各种迥异或微殊的意义的词,但偶尔笼统地来一下"溜溜的"也自有其魅力。

19

沉默。沉默意味着力量。中国电影里的英雄好汉总是说话太多。沉默。但有时对于明显的侮辱呢,是出拳还是走开?可无论如何要极其吝啬语言。

20

一个再内向的人也有非常想向别人敞开心扉的时候。有时只要一两句话,门就开了,但我们常常并不知道这句话是"芝麻""大豆"还是"燕麦"。

21

"美"字看来确实很美,"笑"字真的在对我笑。

22

人们用得最滥的还是虚词,人们很轻易地说"因为……","所以……",而其实这"因为"并不"因为","所以"并不"所以"。在没有因果联系的地方不知怎么有人竟看到了因果的必然联系,我们相信因果联系的秘密可能就隐藏在我们所用的词汇里,只要我们那活着的语言库里还保存着这一类词汇或词组。只要还有"必然"一词,就会有对于必然性的崇拜。

23

我越来越喜欢用"大概""也许""可能",我发觉很难说"是"或"有",更难用"当然"和"肯定"。对于这些词我也往往是在一种修辞的意义上使用的。如果人们把这些词的使用都看成仅仅是一种修辞手段或难以避免的表达方式,那可能会好得多。

24

老鼠惹人讨厌,松鼠却讨人喜欢。

25

无人能够用语言报告他自己的诞生和死亡。

26

你凝视过那层层叠叠堆积起来的信件吗?秘密就隔着一层薄纸。那里面是什么呢?可能是临死者的诀别,可能是疯狂的爱情,可能是抑制不住要与人分享的快乐,也可能是浓缩在几个简单的字里的痛苦;可能是用红笔表示的绝交,可能是向朋友摇曳的小枝,最多的可能是琐碎的家常,也偶尔会有谈玄论道;可能是第一次如急流奔泻似的坦白,也可能是道貌岸然的训导;可能是愤怒,也可能是恐吓,还可能是诽谤;可能是怯生生的请教,也可能是冷淡而有礼的拒绝。

秘密,就隔着一层薄纸。而在信封上,却都尽量规规矩矩地写着姓名、地址,以使信到达发信人愿意它到的人手中。

我想说,这也就是我和你,我走向你,走向一个个你的道路——一个发信者和一个收信者,一个我和一个你相通的道路。在规规矩矩的信封里,装着各种各样在我心里发酵过的、不那么规矩的情感和思想。

27

幽默不仅是一种性格,一种心情,一种创作风格,而且主要是一种生活的方式,一种观察世界的方式。幽默有时是一种我们难以企及的东西。

28

在各种颜色的幽默中,我最喜欢黑色。亮色的幽默近于滑稽,玫瑰色的让人生疑,灰色的又不够纯粹。

29

黑色幽默——幽默对于黑色的人是福音,黑色对于幽默的人是清醒剂。

30

"笑是人类一种伟大的禀赋。"

能使别人笑是不容易的。

自己笑不起来,却依然能使别人笑就不仅不容易,而且是极其伟大和高尚的。

31

幽默是相与的。一个幽默的人来到不幽默的国度中同样话如嚼蜡起来。

32

幽默使人产生一种美感。我理解了,我感到美;我说出来,我也感到美。在愤怒的时候呢,也许它还有一种使事情尖锐化而又不卑下、使事情明朗化而又不庸俗的力量。

33

幽默最深的根是悲哀。

34

一个很厉害的误解是:以为把人逗笑的东西就是幽默,而其实它可能既不幽,也不默。

当然，人人都喜欢开怀一笑，问题是笑过之后，是否还留下一点什么。

35

我并不反对说话，我只是有时候有些同情那些在慷慨激昂地发表长篇大论的人，心里说："难道你不觉得累吗？"

我们有时也投入争论，但不是为了说服对方。真的说服了对方是很少有的情况，大多只是让旁人清楚了哪一方是比较正确的一方。

美与自然

肯特《暴雨》
1918年

为了休息眼睛，需要经常把视线从书本移向窗外的远方，注视那遥远地平线上有绿色的地方。为了休息心灵，也需要经常把思路从人类转向自然，转向那默默无语的大海、高山、平原。绿色是温柔的，自然是美丽的。

1

天空给最初的哲学家以最多的灵感,而繁星密布的天空又胜于朗日高照的天空。至少对于最初的人来说,在自然界的一切事物中,天空是最少功利性的。

2

大海是我们的故乡,是自然界一切生命的故乡。它大概也是我们的归宿,如果我们还有幸有一个归宿的话。

3

一大块拍动得非常有层次、有质感的水,岸上初生的绿色和水中倒映的绿色,风、云彩、远山……这就是我假日的赏心悦目。

4

静思美,面对自然的静思又比面对画壁的静思更美。

5

沉思本身就是美,同时又是欣赏其他美的一种形式,甚至可能是唯一的形式。

6

更重要的是生命与自然。有些人倾向于通过强调理性与文化而把人与动物和自然界区别开来,而我更倾向于通过强调生命与身体而把人与动物和自然界联系起来。

7

为了休息眼睛,需要经常把视线从书本移向窗外的远方,注视那遥远地平线上有绿色的地方。为了休息心灵,也需要经常把思路从人类转向自然,转向那默默无语的大海、高山、平原。绿色是温柔的,自然是美丽的。

8

包含在一个凝固的姿势中的一种巨大渴望,隐藏在一个静默的物体中的一种巨大力量——我们可以想象一下古希腊的雕塑和雄踞山顶摇摇欲坠的巨石。

9

在太阳底下,在长满荒草的山坡上,我最大的欲望是融化。

10

灯光下的红玫瑰使人产生一种奇异的感觉,它依然是美的,但似是一种生了病的美。

11

有时候一个人看来具备了一切可做出点什么事情的条件,可是什么也没做,那么,这里他缺少的就只有一件东西:勤勉。可是我时常怀疑:勤勉也许会影响他现在所达到的高度,如果没有这种懒洋洋,他也许就不能够欣赏和沉醉于美到这种程度。懒洋洋——这就是美本身的要求。

12

我们中间应该有些人什么都不做。什么都不做,这就是他们对我们的最大贡献。

13

"后山草地"是一块不大的地方,一片沙质的高坡。我常在那里散步,自己,也和妻子、女儿。我们在那儿遇见过小孩和小狗,在那儿采摘野花,在阳光下躺在草丛里。我曾经把衔在嘴里的草茎插进腐殖层,竟插了一尺来深。当我每次走向那高坡时,那几步之遥的地平线给过我许多期待。然而,如今那里又在打深深的地基盖厂房了。我若有钱,我想买下那一片土地,然后什么也不种。我多么希望有一些土地可以在不准谋利的条件下出卖给个人,而现在,我一听到那边的轰鸣声,就感到是自己在被肢解。

14

我坐在桌子边读书,我桌上的小锅里"咕嘟咕嘟"地煮着莲子稀饭。它发出一种清香,那是夏日荷塘的清香,甚至更早些,是"小荷才露尖尖角"的清香。我想,我现在走山去,我会发出一种什么气味呢?

15

有时恹恹地不想做事,有时多么想懒洋洋,把节奏放到最慢,在阳光下的野地慢慢、慢慢地走着。

美与自然

16

不用自己打开录音机,有时,不知什么房间里的录音机响了,音乐飘过来,使我的视线在书页上走得慢起来,最后完全停下来,直到音乐停止才猛然惊醒:是寂静而不是声音打断了我。

17

在一废弃的闸门的两根石柱之间,我注意到一只蜘蛛正在结它的网,第一根丝是从上往下掉落的。它以它自己的身体为工具,就像一个迅速使钓线沉到水里的铅坠子,把丝粘到了对面,然后就这样一次又一次、一圈又一圈地工作着,多么精巧的、有耐心的工作。我用手指试了试,丝网黏黏的很有弹性,它很快就可以网到它的猎获物了。此时,大自然正默默不语,夕阳西坠,宿鸟归林。

18

在夜晚田野上,听到我的朋友粗犷的男中音是很愉快的。从喉咙里发出,直接送到我耳朵里,没有那些按钮和旋转。

19

我不懂音乐,我只说当我倾听某些音乐时会产生许多似与音乐不相干的想法,而这些想法又似乎只能在这种音乐声中产生。

20

没有强烈的爱憎是一大不幸。对音乐的欣赏要达到较高的层次才会产生出偏好和厌恶,而低水平的欣赏却可以兼收并蓄。

21

一双经过训练的手,一对经过训练的耳朵,一个好的歌喉……这就是每次听音乐会陶醉之余而艳羡不已的东西。

22

灵感意味着我想创造,美感意味着欣赏那创造。

有时只想停留于美感。

23

有一年春天,人们要为汽车拓宽一条道路。路边一排深绿的白杨树已经被施工者用红油漆在自己的肌体上打上了叉,就像被宣判了死刑。它们正当盛年,然而不用商量,说砍就要砍了。它们也无法说什么,人们只看到有一个人每天早晚在那里踱步。

然而,有一天,大家却突然发现,在这些树上,每个打红叉的地方,都仔仔细细地挂上了一块布条,上面写着四个绿字:"手下留情。"

起风了,这些白底绿字的布条在这些树上飘扬飞舞。

终于,这排白杨树没有被砍去。

24

一个青年把一条鱼放回大海,人说这对鱼类于事无补,青年说:但这对这条鱼来说就是全部。

25

说句半开玩笑的话,我的赞辞只想给予美(赞美),而不想给予成功(赞成)。

而赞颂美也就是赞颂奇迹和天才,在真正美的作品面前,总有一种"这怎么可能"的惊叹。

然而,这确实可能有过,只是不知道以后还是不是可能。

26

恐龙是地球史上最强有力的动物,而人类是地球史上最聪明的动物。

曾经有过一个恐龙支配地球的历史时期,那时候人类还不知道在哪里。

现在是人类支配着这世界了,恐龙却不知道到哪里去了。

人类是否足够聪明到,知道他并不可能永远是地球的主人呢?

历史文明

肯特《岩石海岸》
1930年

两种文明相遇，如果一方老是翻来覆去地争论是应当拒斥还是吸收，而另一方却淡然置之，双方的优劣不是很明显吗？

1

对于某些问题，我们只能谈历史，这不仅因为我们常常只被允许这样谈，而且，唯其如此，我们才谈得深刻。

2

历史所开的一个大玩笑是：当行动者自以为是在干一番伟大的事业时，他们实际上只是在进行一场热闹的笑剧。几乎所有伟大的历史事变都是当事人未曾料到的，或做了别样的理解。真正伟大的是使人忘记伟大的东西。

3

许多古代典籍毁于兵燹火焚未尝不是我们精神的一种幸运，就像冷藏技术的发达和不廉价使我们免除了这世界要摆满尸体的恐惧。

4

人们现在如此热心于发现、收集以致复制古董，但我奇怪为什么不发起一场"创造古董"的运动。我们每个人都可以各显神通，想办法把自己的一卷手稿、一束头发甚至一颗牙齿保存起来以让后人去发现，这样，在我们作古以后若干年，我们就可以让后人去发掘了，而且这还是一件名垂青史的事情。

5

就像一个人一样，一个民族也常常是以自己最近的念头行动的,甚至以一种难以捉摸的民族下意识、集体无意识、人心、士气之类行动的,它并不是以其自己对于历史的全部总结行动的。

6

人类总是会安排好自己的生活的,这样试试,那样试试,而且就是在一种多刺难受的结构里,也会想办法磨平那些刺的。即便一副木轭、一具马鞍,如果暂时摆脱不掉它的话,人类也至少会使它对自己舒服些。所以,那些暗无天日的时代远非我们所想象的那样暗无天日。

7

今天西方世界上的人在隐隐期待着一次大转变,一次类似于基督教兴起或文艺复兴那样的大转变,但现在还看不到这种转变会是什么样的,不知道从燃烧的灰烬中会飞出一只怎样的凤凰,不知道人类还能有什么样的发明,似乎人能依凭的东西都已经试过了,但人类以前也有过这种似乎日暮途穷却又柳暗花明的时候。

8

有时是长歌当哭,有时是沉默当哭,而历史照旧走自己的路。

9

许多历史理论给人的印象是:它们把箭射中的所有地

方画成靶心,然后说这就是射箭人的目的。

10

相比于其他哺乳动物,人的较长的无自助的幼年期是文明的一个结果。

11

也许,在探讨某些对人来说是根本的问题时,把它放到开端来处理会更好,因为文明是一件衣服。

12

论战的一个诀窍是:以轻蔑的口吻俗化那些重大的事情从而使它们意义顿时丧失许多。例如,我们对工业文明可以说,"不就是从土里挖出了那么一点东西变成了机器",对性的问题可以说,"不就是被窝里的那点儿秘密"。

13

小时候纳闷:美国、英国、德国、法国……好名字都让它们给取走了。大了明白取这些名字的是我们中国人自己。

14

两种文明相遇,如果一方老是翻来覆去地争论是应当拒斥还是吸收,而另一方却淡然置之,双方的优劣不是很明显吗?

15

文化是浸到骨子里去的东西,而不仅仅是放在书架上,挂在墙壁上,摆在客厅里。

16

文化是人类生命力的结晶,是人类不可遏止的生命力活动的产物,然而,文化又可能反过来使生命萎缩和僵化。

17

面向生命,面向自然,付诸行动,投身创造。这样,也许可以使我们已经有些苍白的生命增加一些血色,使我们驯服而沉重的文化传统增加一些野性和轻盈。

18

文化中本质的、作为原动力的东西就是生命——归根结底是个体的,在某种意义上也可以指族类的生命。

19

要学会以平常心看历史,而勿以杀伐心、争斗心看历史,即不把历史仅仅看成"相斫书",为此,就要稍稍脱离一点政治。

20

对人类来说,最长的"长时段"就是头上的星空,它已接近永恒,而超越历史了。

21

"他们不知道他们所做的。"这句话最好地说明了历史上那些英雄豪杰、帝王将相的作为。他们总是如此，他们自己并不清楚他们所做的事情的意义，而后人反要清楚一些，因为后人有了距离，他们事业的后果也比较充分地显示出来了，他们只是应战、创业、轰轰烈烈、惊天动地。从表层看，历史是他们创造的、是他们改变的，他们总处在事件的中心。但从深层看，他们的意图并未达到，他们还是历史的某种工具。历史的合理性或"合目的性"常常是一种客观的、事后的合理性和"合目的性"。

22

"创造"历史的英雄们是盲目地在创造；至于大众，他们的"创造"历史主要是给人害提供生存下去的基本手段，这诚然很重要。没有这些生存资料，人类社会就会一天也维持不下去，但他们是处在一个底线之下，只有越过这一底线，才能对历史发生实质性的影响——使之发生变化而非仅仅延续的影响，并且，即便是他们创造财富的方式和产出的大小，也受到各种精英（不仅政治上层，还有民间的各种精英）的决定性影响。所以，"谁养活谁"的问题今天必须重新思考。

23

对历史的认识不能不是后见之明，但这种后见之明是否也能对现实与未来产生某种影响呢？后见之明多是保守的,一个人太明白了就几乎无法行动。然而历史还是会变化,生命本能还是会发生作用。最后,个人的作为可能还是要归结到气质问题,和理性并无多大关系。

24

历史经常是"歪打正着"或"正打歪着"。但前后的"歪""正"不同,并且不能够说"正"也是"歪"、"歪"也是"正"。

25

中国的隐士从来就是极少数,他们的生活方式从来不可能在社会层面普遍地推行,甚至他们自己也难以始终一贯地实行。但却使我们的社会保持了一种灵性,一种光彩,一种非功利、非政治的东西,一份对人类失去的原始价值的怀念和向往。这就是这极少数的意义。

26

历史差不多总是跟着胜利者走的,总是去追寻胜利者的来龙去脉。

27

不崇拜任何东西,包括不崇拜文化,尤其是不崇拜那种萎靡、柔弱的文化;不把任何东西奉若神明,包括不把书奉若神明,尤其是反对把古籍奉若神明。

28

对文化的崇拜实际上就是崇拜人自己,崇拜人留下的痕迹。

29

对西方的过于颂扬和过于拒斥可能都是由于想接近对方。

而最重要的其实应当是独立,是做好你自己的事情。

独立有必要保持某种距离,所以,我怀疑过于急切地寻求与西方学术接轨,在目前的情况下很难不以失去平等为代价。

肯特《不朽的》
1927 年

时代与社会

迈克尔·西波林《工人家庭》
1937年

假如漠视苦难者是基于这样一种观点，即认为为了社会的进步、历史的发展或某个美好理想的实现不妨牺牲某些个人的幸福，认为某些个人的悲剧是无关宏旨的，那么，就很有可能哪一天这些灾难将蔓延开去，落到许多人头上，落到整个社会的身上。

1

我们将步入一个普通人的时代,一个平平常常的时代,一个大家都差不多的时代,一个许多人乐呵呵地看电视的时代。如果说我们只能在权力与大众之间选择,我们将选择大众。那么别了,一切优雅而高贵的美,它们再没有像现在这样不合时宜的了。

2

我们从小就被告诫说要有敌情观念,在那个"史无前例"的年代里,我们总算有幸目睹了自己身边的人是怎样成为这种敌人的。

3

我们都有自己软弱的地方,我们都是力量不够的人,我们有时只有逃离人群才能保持真实和培养德性。凡有人群的地方,总不会有完全的真实和纯洁,这就是我对古人所说"隐居养志""以经籍自娱"的理解。所以,隐士有时不是因自高避世,而是因自卑避世。

4

有时候想,不要都出版,而是最好能有一个大档案馆,收藏所有愿纳入馆藏的人的日记、书信、作品手稿、照片、磁带、软盘等一切可供视听的材料,条件是严格尊重作者本人的意愿——愿意还是不愿意这些作品生前或死后被人翻阅。但我想送来这些材料的人们都是愿意其作品被人翻阅的,不过有些人可能不愿被认识自己的人翻阅罢了。因此就须根据作者意愿规定一个可供人翻阅的时限,比如作者死后的二十年、三十年。这样,我们既可避免出版物的泛滥,又可保存尽量多的资料。

5

又是聚会,又是宴席,然而先生们不再潇洒,女士们也不再年轻。

6

一支充满了想当元帅的士兵的军队并不会是一支好军队,好的军队应该是大多数士兵只想当伍长,而只有很少的人想当元帅。否则,就可能造成双重的谬误:下面的人错以为人人都有当元帅的能力,上面的人错以为人人都有当元帅的野心。

7

假如漠视苦难者是基于这样一种观点,即认为为了社会的进步、历史的发展或某个美好理想的实现不妨牺牲某些个人的幸福,认为某些个人的悲剧是无关宏旨的,那么,就很有可能哪一天这些灾难将蔓延开去,落到许多人头上,落到整个社会的身上。

8

人类中发生的最可笑的一件事就是:一些人一生的命运常常只是由围在会议桌旁的另一些对他们并无恶意的人随便几句话就决定了。

9

人活着就可能否定或扭转自己,所以宣传英雄最好宣传那些死去的。但当时代扭转自己的方向时,要把已经塑好的英雄形象改变一下模样却不免要费一番苦心。

10

我们由对神的激情转向对物的欲望,然而,我们可能要比厌倦那激情更快地厌倦这欲望。

11

有的人远离社会而独自地生活,一些责任感强烈的人大概会想去诉诸他的社会责任感。可是,殊不知他正是带着一种强烈的责任感出世的。

12

有的奇谈怪论一下子就烟消云散,再也无影无踪;有的奇谈怪论则在若干年后成为人们的生活常识。

13

说有多少个人研究莎士比亚就有多少个莎士比亚,这真是太恭维某些人了。实际上只有几个莎士比亚,而许多人只是人云亦云。

14

我们不争论而是攀登，因为现在的争论将使我们停在较低的层次上自满不已。我们要向更高的层次出发，并注视着最高的一层，到了那里，真正的争论也许就可以开始了。

15

一类知识分子看到了大众的贫困、愚昧或者遭受的不义，起而以拯救者自居；一类则冷静地痛苦地觉察到了另一种不平等，起而捍卫自己作为优秀者的权利。

16

把从别人那儿夺来的利益分给你，然后你就必须跟我一起走了。

17

夜里，火车上素不相识的两个男女的头靠到了一起，或者公共汽车上两个男女紧挤在一起，其他人不会觉得奇怪，然而当把背景虚去，大家就要奇怪了。还有，我们同样看见一男人背朝我们撒尿，他在厕所的入口处和在马路边却有不同的意义。因此，有时候，人们是否谴责某些事及谴责的程度并不依事情本身而定，而是依这事发生时的背景而定。

18

非体系者对于体系者、无政府主义者对于专制主义者、艺术家对于政治家、宽容者对于残忍者在许多方面都处于天生的劣势,只有时间站在他们一边。

19

人类社会的一切成果几乎都是靠渐进获得的。

20

优美的体形、英俊的面容是多么的少啊,人们的外貌也显示出一种荒芜,像在贫瘠的地里长出的乱草。

21

同情总是在弱小者的一面。如果这弱小者成为强大者,甚至是与新的弱小者敌对的强大者,我决不会让这同情转变为崇拜,而依然是同情,然而这同情却已转到了另一方面。

22

社会在大吹大擂中进步最小,而倒是在平静以至不满中进步较大。

23

在政治上,仅仅在恰当的时候处于恰当的地方远胜于苦心策划和精心钻营。

24

衡量制度优劣的一个标准就是看其是否不仅使人们的动机趋向纯正,而且使一些坏的动机也产生好的结果。

25

在我们的个人生活中,与其把人们看得坏一些,不如把人们看得好一些。但在设计制度尤其设计政治制度时则恰好应当相反。

26

假若欢呼的人们知道他们所欢呼的对象正在想着什么,也许他们就不会欢呼了。

27

仅仅一个人的夜郎自大会像一滴水一样很快地干涸,而一大群人的夜郎自大却会像发酵的面团一样迅速膨胀。

28

不仅有愚民政策,更有愚士政策。

困难的是既要让士知道一些东西,而又不能让他们知道太多。

29

今天的许多人认识到了人们价值追求的千差万别,然而是否意识到了这种追求的差别之大呢?是否意识到了人们的天赋差别也同样巨大呢?是否意识到了从根本上说只有两种人、只有少数与多数之别呢？这两种人对应于精神与物质，创造与因袭……

现代社会在某种意义上实际是二元，而不是多元。

人们所要去的地方相差很远很远，有时是因为他们所来的地方相差很远很远。

30

平等必须是多方面的平等，多方面的平等才是真正的平等，但多方面的平等也可以说就是多方面的不平等。

每个人最好都能在这种多方面的等级系列中处于一种不同的地位，他在某一方面的低位能从另一方面的高位得到补偿。

任何一种单标准的平等、单方面的平等、一元化的平等，实际上恰好是不平等。

31

一个人今天在多么大的程度上属于时代？今天，甚至一个性格再孤僻、再离群索居的人，他还是在很大程度上依赖于社会，不能不生活于这个时代。他打开电视，打开收音机，翻开书……99%都是时代的信息，即使他这些都不做，只要他活着，出门、购物、旅行，甚至就在家里，也仍然是相当属于这个时代。他只要稍一妥协、稍一放松，时代的信息就如潮水一般涌来。

32

保守主义者可能也赞成改革,但只赞成一种改革——为了生存的改革。

33

我们这一代是在一种反叛的、"造反有理"的气氛中长大的,我们其实缺乏对传统的活生生的体验,"五四"一代是从内里反出来的,而这一代则只是在外面折腾。

34

多数与少数:那以多数为名义的少数统治有可能是最坏的一种少数统治。

35

现在世界上谁也不怕谁,谁也不"凛"谁,谁也不在乎谁,于是我们有了一个肆无忌惮的世界。

36

今天文化最大的危险是淹没的危险。今天的达·芬奇将淹没在许多平庸的画家之中,今天的贝多芬将淹没在许多平庸的音乐家之中。于是可能连他们自己也不知道自己时就消失于无形。

37

平等、民主、"多数统治"是人类打开的第二个潘多拉盒子,这意味着打开就收不回来了,人类只能自己好自为之了。

38

经济本是"底"而不是"顶",现代人却颇有些以之为"顶"了。于是我们就看见饕餮之口与肚子在满世界飘荡。以后进步了,它们可能会穿上新衣坐着汽车。

39

首先是吃,吃最实惠。吃也是人生存的首要条件。穿?"我穿给别人看啊","什么东西都放在自己肚子里最可靠"。于是饮食业最先发达,并且可能要永远发达,于是爱美的人们甚至要赞美讲究穿着、注意布置居室的人们了,因为他们毕竟还给了他人一种美感,他们的快乐中也还有一种共享的成分。

40

也许一个人在社会上理想的态度是一种有尊严的服从。比方说,当我在军伍时,我服从一个伍长,而当我在休假时,一个凯撒也"不要挡住我的阳光"。

一个朴实的人,一个因心灵而伟大的人,他可能没有耀眼的才能,他地位低下,可是他还是有一种自己的尊严和骄傲,并明确地意识到这种尊严。他将在行动领域服从行动的合法指挥者,在投票之后服从一个总统(哪怕他是一个下流坯子)。

但要广泛地保持人的尊严,就可能不仅需要确立一种恰当的观念和态度,还需要在社会层面渐渐确立一种多层面、多途径的等级制,既防止传统的"泛政治化"和"官本位",也防止新潮的"泛经济化"和"钱本位"。

41

人固然要有相当的物质资料才能生存,才能活得像样,可是现代人却大有活着就只是为了这些物质资料之势。经济固然是社会必具的基础,但这基础却不知何时竟欲变成"整个大厦",本来只是作为生存基本条件的东西竟欲变成生命追求的最高目标和全部对象。

42

中国传统文化后期一直是柔弱胜刚强,中国对西方也能这样吗?也许最后还是。但西方文化不是同时有柔弱与刚强吗?刚强是否只是它的现代病?

43

由于世界已全球化、加速化,如果再有什么大灾难,人类就很可能不再有救,就可能来不及采取行动,不再是局部的毁灭,不再能此伏彼起。

这是一个悖论:如没有大灾难,人类可能认识不到唯一能自救的真理;而如果发生大灾难,这一灾难将迅速致人类于死地。

44

自由从来是少数人的事业,只有少数人真正想要它。

45[①]

问题不在别的,风总在吹,人也总是分成多数与少数,问题是风往哪一个方向吹,是多数去迁就少数,还是少数去迁就多数?是重质还是重量?

但为什么要追求人的优越性?很多人这样说:反正人攀得再高,也达不到上帝。

47

大多数人在大多数时候逃避自由,而余下的少数人在少数时候也逃避自由。

48

永远蔑视大众,但永远不蔑视任何一个人,因为任何一个人都有可能脱离大众而成为自己。

49

旨在缩小贫富差距的利益均分的理由不是贫者应得,而是富者应给。

50

一切强调个人、主体、自由选择者都别忘了提醒自己一句:那只是在少数人那里才能达到的。在人类中,实际

---

① 本书保留了初版本的排列序号,第181页也是此种情况。

上始终只有少数才能真正成为个人,成为自己。

如果承认这一点,就将宣告一切运动群众的死刑。

如果承认这一点,就不能不将眼光从人间移向上天。

51

不仅是少数人,而且是少数人的少数时刻、少数超凡脱俗的时刻——不过这少数时刻并不是发生在固定的少数人那里,而总是发生在少数人那里——亦即这些人在任何时候、在人类中都是少数。

没有绝对固定的少数。只不过它们较少发生在某些人那里,较多发生在另一些人那里,而在还有一些人那里,则可能永远不会有这种时刻。

52

历史上始终存在的一个重大问题是:拿大众怎么办?拿多数怎么办?政治家利用他们,宗教家召唤他们,艺术大师与他们保持某种距离。

53

事实上只有少数个人能成为圣徒、圣贤、政治伟人、艺术天才、宗教领袖、贵人,只有少数人能有真正精神上的追求,甚至只有少数人能真正成为自己,真正渴望自由,有享受自由的能力……但由于这少数混杂在多数之中,就不能不给所有人以平等的权利和自由。

54

诗人、艺术家、人文学者的最好时代已经过去了。技高于艺,艺高于道。他们现在必须学会把所有这些精神生活的领域仅仅看作一种与其他谋生行当一样的职业。

55

在某种意义上,传统社会与现代社会的分野就在于:是"质量起决定作用"还是"数量起决定作用"。

56

二十世纪是崇尚成功的世纪。

有各种各样的成功,而最耀眼的成功自然是那种成为万众欢呼对象的成功。

然而,当一个握有最高权柄的老人独居于深宫之中,再没有朋友,甚至远离了亲人,他是否还值得让人羡慕?

57

年轻的一代至少比老去的一代更倾向于把一切活动都变成一种消费:他们花钱出汗、花钱吸氧,似乎不花钱就不叫锻炼。他们逐渐远离一种只需付出体力而无须付出金钱的锻炼。

生活的质量正越来越多地以金钱的数量来衡量。

58

忌妒是需要一些热力的。

忌妒是人间的情感，尤其是人类社会的状况急剧变化时期的情感，在"一人专制下的社会平等"中，无所谓忌妒；在人仰望上天的时候，心中也不会有忌妒。

忌妒也总是意味着某种距离上的贴近，而名声也会使你与许多陌生人贴近，如果你无端地遭到攻击，那攻击可能就是来自忌妒者了。

59

高科技诚然有让人惊叹的地方，却并不会使每个进入者都"高"起来。比如说，在我看来，学会一门木匠的手艺，就远比学会用电脑写作和上网要难得多。

在某种意义上，高科技是一种少数聪明人发明出来让多数人变傻的东西，诸如"界面友好"的电脑、"傻瓜相机"之类。所以，科技的发展无疑会使人们的生活越来越舒服、越来越方便，但是否能使大多数人越来越聪明、越来越有智慧却让人生疑。

60

"人民"——这是我们时代最大的禁忌，也是最后的禁忌。

61

对来临的二十一世纪，我们也许可以这样说：近代迄今，几乎一切理论的目的都在改造世界，而现在的问题是要解释世界。

62

有人说：读中文竖排本是不断点头，而读横排本是不断摇头。

读竖排本的时代已经过去，现在是不断摇头的，总是说"不"的时代，是任何人都可以评论的时代，是阅读一本书不再有虔敬之心，而是本能地要给出某种批评的时代。不给出批评似乎就表明自己无能力。然而，并非所有人都有批评的能力。甚至大多数人都没有这种批评的能力。至少这种能力应当在学习的能力之后，而相当多的人还没有学习就开始批评了。于是，这种批评就常常只是表现出批评者的蛮横与无知。

肯特《几代人》
1918年

自己

肯特《彩虹谷》
1924 年

　　如果一部过后看并不怎样的作品曾经使你感动，那么那使你感动的东西并不一定是在作者那里，而在你自己的心灵深处。我记起自己童年的时候，常在一些快乐而简单的故事里读出悲哀来，而如今重读却不能再唤起那种情绪了。

1

不可能有自己的花园、自己的草坪，而又不甘心只有自己的床、自己的枕头，于是渴望有自己的房间。

2

三十岁之后，就不再有"舍我其谁"的感觉了，知道这世界舍谁都可以，自然，也知道我可以舍他——舍舍我者。

3

任何掩饰，任何对自己的夸大，任何有意无意的炫耀，最终都会被别人觉察出来。因为，对你的缺点，别人比你更敏感，即使当时人们并未察觉，过后也会在回忆中重新发现，这至少在功利层次上也为朴实提供了一个理由。

4

和谐、完整，我希望最后的结果是这样；而在开始，我宁愿走点儿极端。

5

在今天这个时代，"认识我自己"对我来说就意味着：认识我要做的事情，认识我应当做的事情。不和这些事情发生联系，我就无法认清自己，甚至无法去认识自己。

6

回顾这十多年来发现：你总是想做的事情你终究会

去做它。在某种意义上说,你现在做的事情,无一不是你曾经想做的,而你将要做的事情,不过是把你想要做的事情做完而已,没有多少新事情。一件事情,若你迟迟没有做,你就会老是想到它,直到你把它做完。而从一百多年的历史来看,我们要做的也不过是那些前人已经开始做,却老是被打断的事情。

7

我们不仅要常常与别人保持距离,而且要时常与自己保持距离。

8

发展自己的一切努力都是逃脱概括的努力。

9

有几个思想家是留给我自己的。我心里总是为他们留着地方,我不知道他们什么时候进入,我也不知道这个日子早些来临是幸还是不幸。但我知道,那是在我心如死灰的时候,虽然,也许从那死灰中又会生长起一种绿色的植物,只要我的心还没有到极冷,还没有板结到不能灌溉,我就要悄悄地和他们谈话,只是我暂时不说他们的名字。

10

假如我的生命力注定是一个常量,那么我现在宁愿它是一昼夜的熊熊燃烧,而不愿它是煨在灶灰下的一百年的苟延残喘。

11

有的时候对自己说：别以为你自己什么都能做，你不过有幸学会了认字。这是对我有时候的狂妄的一种有用的清醒剂。

12

宁可在少数的一派中坐第一位，不愿在多数的一派中做第二、三名，宁为小国之君，不为大国之相。我想许多人都是这样，我也是一样，不同的是我这"小国"小到只剩自己。

13

目的地不明，在我面前几乎总是目的地不明。我老是说，我不知道自己要干什么，因为我不知道自己干什么能干得最好。随着年龄的增长，我的同伴们都已经开始据守一个领域了，而我还是无所适从，从一个领域转到另一个领域。我想，最好是每离开一个领域，都在这个领域留下痕迹——不管是成功还是失败的记录，都要是外在的，形式化了的。

14

"自力更生，奋发图强"的口号是有意义的，它意味着：一、现在正处于一种积弱和充满危机的状态；二、要依靠自己的力量去获得新生和强大。问题是还要把这两句话落实到个人,而不是使其专利权仅属于群体和国家。

15

宣布自己确定了某种对人生和世界的系统看法是容易的,但那只不过是儿戏,很容易在实践的压力下转向自我否定。

16

恰如其分地对自己估价自然是最好的,但是,在厄运中对自己与其估价过低,不如估价过高;而在顺境中对自己与其估价过高,不如估价过低。

17

我读着十年前写的东西,觉得自己并没有聪明多少,十年来的学院式训练不过使我的思想穿上了一件学者的外衣罢了,而就凭这件外衣,人们却能给我一个博士的头衔。

18

总想着写一本书,一本可以排挤掉其余的写作计划的书。有时只要做出一件事,就会使一个人生活中的其他一切琐事甚至浪费时间和闲逛都显得有意义。

19

回想起以前的一些时光,确实有一些宝贵的东西在那宝贵的时刻失去了。有些事只能在那些时候做,然而没有做。每念及此就黯然神伤,记起来总想痛哭一场!

20

一天一天过去,就像一片片相似的叶子,一棵树上的叶子。这个月这棵树是翻译,下个月这棵树是写作,但有时半年都是翻译。外人一定觉得我的生活极其枯燥和单调,我有时也不觉得做这些事有很大的乐趣。我只是服从于我生活的一种节奏,我相信机械性是稳定人的情绪的力量。另外,这也可以维持生计,尽管已经有了一种"懒汉津贴",但还想活得好一些。

21

从灿烂热烈的阳光转入那宁静澄明的月光,这就是我所希望的,适应于从青年转入中年,从文学转向哲学。

23

有时存心浪费时间,有时放任自己,这不仅是因为止不住脱缰的马,而且是因为不这样就不能做事。一个人似乎在一种自责心情中做事效率最高,就像人类凭一种原罪意识来维系道德。

24

我们常常得求助别人,但永远不要忘了自己,无论站起来还是走下去都要靠自己。在所有信任中,最大的信任是对自己的信任;在所有尊重中,最大的尊重是对自己的尊重；在所有爱中，最大的爱是对自己的爱。

25

我不知道环境最后会把我塑成什么样子，但我知道我身上绝不仅仅有可塑性。我们最后的样子可能都是环境压力和个人意志合力的结果。但不管最后这副模样讨不讨人喜欢，我希望那更多的是我自己的力量所致。我要这样说："命运，我知道你能做什么，但我做的比你做的要多。"

26

如果过后看并不怎样的一部作品曾经使你感动，那么那使你感动的东西并不一定是在作者那里，而在你自己的心灵深处。我记起自己童年的时候，常在一些快乐而简单的故事里读出悲哀来，而如今重读却不能再唤起那种情绪了。

27

人有时会失去自己，所以人确实应该经常去寻找自己。

28

我知道我写的很多东西都是为了说服我自己。

29

想过一种对得起自己灵魂的生活，摆脱无穷无尽对于生计的考虑。

30

我曾去看过我住过的房子被拆毁后露出的土地,我吃惊于它们占的地方是多么小,而当我住在房子里时却觉得自己拥有一个广阔的世界。

31

有的人讲旧的题材也能讲出新的东西,有的人讲最新的题材也是讲旧的东西。某个人在同一题材上发表一连串的文章却丝毫不给人以枯燥之感的秘密在他自己心里。

32

我们对别人心灵的研究和观照必须建立在对自己的心灵进行研究和观照的基础上。

33

有时出门去爬山,走很多很多的路,累得筋疲力尽地回来,倒不是为了欣赏自然,不过是想证明一下自己的体力,证明自己在智力衰竭的时候体力并没有衰竭,这样,我就还有救。

34

有些人活得很难:他们老是要赔小心,看脸色,小心翼翼,瞻前顾后,说了句不得体的话就后悔不已,做了件不恰当的事就彻夜不寐……一个人不就活六七十年,多则八九十年,而我们可能已经都活了一半、一大半,因此,何必担那么多心事,赔那一份小心? 为什么不痛痛快快地说话行动,一生做它几件真心想干的痛快事情。

35

说出来的骄傲要伤人,所以我不说出来,虽然还是骄傲。

36

一般来说,一个人追求什么,最后大致都会得到什么,虽然程度不同、满足不一。所以,对于学者的名声,我大致也是丘吉尔对于勋章的那种态度,也就是从不追求,从不拒绝,也从不炫耀,我甚至宁愿它来得晚一些。一切自然而然,宠辱不惊。如果说每个人都是一颗恒星,凡升起的都是太阳,那么我希望我的太阳缓缓地升起。

37

对目前的我来说,做一个历史学家意味着扎实,做一个社会学家意味着思想,现在要把这两者结合起来,并仍然稍稍偏向于思想。

38

我总是急于把做过的事抛到身后,当人们谈论它们时,我早已不在那里了。而当我又回来时,他们又不在那里了。

39

心想,我就在零点做出决定……又是一年时间,我这些年像是做了一个梦。而在一切客观的,或者说物质的东西里面,于我最宝贵的也许就只有时间了!

我必须掌握自己的青春,拿什么来换,我也不给。为占有它,要付出什么代价,我也肯。

40

愈是不依赖他人和他物的事业愈清冷,但也愈是可靠。

41

自由必须"由自"——必须由自己起来;必须由自己付出努力、付出代价;还必须经过某种可能是长期的训练。

所以,我虽然肯定自由,乃至也谨慎地欢迎渐近的"启蒙",却深深地怀疑出自外力的"解放"。这种解放可能仍然只是少数人导演的戏剧,在一时让人心醉神迷的社会震荡之后,基本的压制结构却依然如故,甚至变本加厉了。

42

并不是每个人都能成为自己,甚至并不是每个人都愿意成为自己,更多的人可能更喜欢待在人群中自得其乐。

43

或者周围是一群怪物,或者自己是一个怪物。

肯特《无题》

哲学与真理

肯特《被解放的普罗米修斯》
1938年

给出一个杯子，那么，现象学就是想从这个杯子里搞出一套哲学来，实用主义就是想让哲学生出杯子，分析哲学是把杯子打碎拿来分析，我们则要端起杯子喝水。有一首诗写道："我们不知道我们为什么会口渴，幸而我们知道杯子是用来喝水的。"

1

哲学的路比文学的路更窄,所幸的是,挤在这条路上的人也许要少些。但仍然可以说这样的话:使哲学得救的希望就是少一些人去搞它。

2

当哲学的路不是通向真理而是通向权力时,它就走上了一条死路。

3

为了给自己的灵魂拓展空间,就必须彻底,也就是说在每个方向上都要尽量使思想深入、更深入,即使恸哭而返,也要穷到尽头,这就需要我们总是毫不畏惧地想下去。

4

一边是一百万人搞哲学,但一百万人却只有一种思想、一种风格;一边是十个人搞哲学,但十个人却有十种思想、十种风格。哪一边是哲学的繁荣?

5

给出一个杯子,那么,现象学就是想从这个杯子里搞出一套哲学来,实用主义就是想让哲学生出杯子,分析哲学是把杯子打碎拿来分析,我们则要端起杯子喝水。有一首诗写道:"我们不知道我们为什么会口渴,幸而我们知道杯子是用来喝水的。"

6

哲学的起因是非逻辑的，对它的回答却常常不能不是逻辑的。

7

我们有时会捉摸一些思想家的姓名，但知道这不可以算作学问。我们也捉摸他们的生卒年月，比方说，请注意1889年，这一年诞生了最多对二十世纪产生巨大影响的人物：希特勒、汤因比、海德格尔、维特根斯坦……而尼采一直拖到1900年才死，似乎也有一种意义。诸如此类，我尚不清楚这样做的动机。

8

问题很少是被解决的，而是消失了，被新的问题挤到了旁边，而一些根本的问题仅仅是改换了形式。

9

要特别注意那些在大批成熟之前就已掉落和在大批采摘之后依然留在枝头的思想果实。

10

在做了一番阐述之后，"然而，这是真的吗？"——这才是一个真正的哲学家的思路。

11

解释已有的概念已经是一件够沉重的工作，我们很难有精力去锻造新的概念。

12

正像有一种方式最适合你写作一样,可能有一种姿势最适合你思考。

13

精神与年龄似乎有一种对应的阶段性,有一种不可提前性和不可逆性,你不能超越,但可以准备。

哲学上真正的收获可能要到四十岁以后,五十岁以后。

14

思想的艺术首先是使大脑净空的艺术。

15

努力地想清楚并说清楚——这就是我在学术写作中要求我的,就这样也不容易做到。

16

同一件事情,晚上想它和白天想它不一样,躺着想它和站着想它不一样。

17

一种含有真理的学说常常表现为偏激、极端的形式,而这正是因为它要反对的东西、与它对峙的东西,以致将要反对它的东西也是偏激的、极端的。说出来真是让真理蒙羞,真理老是像钟摆一样摆来摆去,而且摆动的幅度愈大,其真理性的程度倒愈高。

18

真理应当是一条流动的、可载人远行的河,而不应是一座不动的、挡住去路的山,这正是我对真理的理解。

19

真理并非总是采取逻辑的形式,甚至并非总是采取语言的形式。诚如歌德所言:"只要它像在我们四周轻轻飞翔并带来和谐的精灵,只要它像庄严而亲切的绕梁三日的钟声,那就够了。"

20

扪心自问:我是否无所顾忌地追求过真理呢?

21

夏天的傍晚,太阳下去了,天还亮了很久。我们看得见那些西方天空的云彩,那些云彩看得见太阳。我们知道这一点,因为它们被落下去的太阳勾勒出了一圈圈金边。我们可以直视刚升或将落的太阳,但要看其他时候的太阳就须透过墨镜或类似别的什么东西。我们看不到太阳时就通过早霞和暮霭来测知它。现在如果用人们熟悉的比喻——把真理比喻成阳光,我们将体会到真理的一些意义。

22

我们蹒跚着以为另一端有真理,就像蚂蚁爬过一段锯齿。

23

真理,如果有,也往往是以一种最稚拙的方式发现的,以一种最朴素的方式阐明的。

24

不要在人生途中太早或太晚发现真理,正如不要在车行道上太早或太晚看到绿灯。

肯特《落日》

死亡

伊莱休·维德《鲁拜集插图〈死亡回顾〉》
1883年

　　生命似乎是以加速度旋转和坠落。我们似乎有一个漫长的童年、还算长的少年,而进入青年、中年以后,日子就似乎过得越来越快了。

　　是谁在转动这一车轮呢?我们只知道它永远在旋转,直到戛然而止。

1

生是一个偶然,死是一个偶然,然而有人却设想在生死之间这段路途上存在着某种必然。

2

"个人灵魂不死"之说的困难在于,一是怎样解释这不死的灵魂是何以诞生的,在它有自我意识之前它在哪里的问题;二是难以解释它在承载它的个体死去之后,它采取怎样的形式存在的问题。如果是以有自我意识的个体形式存在,则人一定会对古往今来的满世界游荡的灵魂感到震惊和恐惧;如果不以这种形式存在,那么不死又有何意义?这样看来,轮回之说实际上是不必畏惧的无稽之谈。但是,如果有一终点、有一最后审判日呢?

3

人们常常觉得死后的虚无难以忍受,可是对于生前的虚无呢?

既然我们可以从无到有,也就可以从有到无。

生前的虚无是死后的虚无的证据。

4

在一个人一生的各个时期,几乎总有一些时候会特别鲜明地看见死亡。这些时候往往发生在从童年向少年、少年向青年、青年向中年、中年向老年的几个转折点上。

5

记得曾在北京看过拉美一个民族的"骷髅画"展览,所有画均以骷髅为题材。从中竟然可以体会到生之欢乐,感到那个民族确实是一个很懂得生死的民族,一个重死而又乐生的民族。

6

在很小的时候曾有过一次精神危机,我像发现一个可怕的真理一样发现人都是会死的,心想:这怎么可能呢?一个精神,一种自我意识产生了,却又复归于无,而人类的精神也将有一天不免于毁灭,这怎么可能呢?我觉得这是不可思议和不可忍受的——如果在这种有死的精神的后面竟然没有一种永远不死的精神在照管一切。可是再长大些又发现,正像人的有限是不可思议和不可忍受的一样,世界的无限也是不可思议和不可忍受的;正像上帝不存在是不可思议和不可忍受的一样,上帝的存在也是不可思议和不可忍受的。这是更深一层的黑暗和恐惧:我也找不出神的生活的意义和目的。而现在的我则越来越倾向于从另一面来思考,不想这怎么可能呢,而是想这又为什么不可能呢。我稍稍心安于我也找不到对后一个问题的答案。可是,在这些问题上,我无论如何还是不敢放任自己的思想任其驰骋,生怕自己又陷入一种广阔无垠的黑暗和恐惧之中,而我的年龄和体验还不足以承受这种黑暗和恐惧。

7

我小时候曾经那样厉害地害怕过死亡和毁灭,不敢走入一切有阴影的地方,在树林里正玩得高兴时却突然想到这片土地将会变成海洋或沙漠。我憎恨自己活跃的想象力竟会如此逼真地向我描绘一个无人的世界。晚上,必须在喧闹声和光亮中才能入睡,我害怕自己的死亡、亲人的故去和人类的毁灭。我不记得自己是怎样渡过这一难关的,也不知道现在怎么会以一种平静的心情想到死,甚至以一种嘲弄和揶揄的心情想到当死神在我生活的某一个路口突然出现时,我还要试试蒙蒙它呢。我现在努力想平静地活着,当必须辞世时就摆好姿势对生命来一个优雅的告别。

8

让对死的吟咏,成为一曲对生的礼赞。

9

没有什么能比死更使人警觉到生的了,死惊醒活着的人们,使人们知道自己的有限性,从而把该做的事赶紧做下去。

10

生与死隔得那么近,有时好像只隔一层薄纸,死亡似乎特别喜欢袭击那些看来强壮有力的人,袭击那些很少想到它的人。我幼时读西蒙诺夫的《日日夜夜》,一个个的人死了,而一个柔弱的、总是想着自己会死的女孩子却没死,这竟给幼年的我以巨大的安慰。

11

哲学需要讨论对死亡的恐惧以及对这种恐惧的超脱。卢克莱修如此赞扬伊壁鸠鲁哲学的一个主要理由是认为它使人摆脱了对死亡的恐惧。这也从一个侧面说明这种恐惧是如何紧紧攫住人们心灵的。

12

对于永恒和无限的希冀与对于有死和有限的恐惧,总是紧密联系在一起的。

13

死是可怕的,永远不死亦是可怕的,而因为有死的可怕横亘在前,我们很少感受到不死的可怕。

14

死得太晚的人的一个不利是:将没有他的朋友来给他送葬。而死得太晚的人的一个优势是:有时只要活得久些,就可仅凭年龄获得本要凭奋斗获得的一切。他一个人可以得到那本是对他所属的一代的尊敬。

15

有人提出一个问题：什么叫人生？他觉得自己解答不了，他就死了，他是敢为一个问题赴死的人。中国还少有这样的人。

16

人们说这样的老年人的去世是一件幸事：她活到了很高的年龄；她没有因长期的病痛而折磨自己和麻烦别人；她是无疾而终，或者说真正意义上是老死的；她在临终前见到了她所牵挂的几乎全部儿孙。

17

经常想到死是对死的一个防范。

18

不仅要死得其所，而且要死得其时。

19

有时候多么期望，如果生者都能在死后相聚，哪怕一次，那我们就能了那未了的愿，告那未告的别，道那未道的歉，释那未尽释的前嫌。

20

死亡并不在生命之外，而就在生命之内。死亡是生命的一种现象，它是生命的结束，却仍须在生命的范畴内考察。死亡离开生命就无法定义。

21

人都是要死的,这是自然的规律。但是,只要是人为地,哪怕是稍稍提前一点或加快一点结束一个人的生命,就都要提出重大的理由。

22

"不可杀戮",这是不需要提出什么理由的,而结束一个人的生命,则除非有一种更高程度上的保护生命的理由,否则即不可核准。

23

我很难想象纯粹的时间,而只能体会人的时间、我的时间。

我站在此,时间向两端延伸:过去的那一端是诞生,未来的那一端是死亡。这是一条无尽的长河,然而,我的位置并不是固定的。在时间中,过去、现在与未来的界限都不是很明确的了。

时间是水,"逝者如斯夫"!时间是风,我们都将随风而去。

认识到这一点将使我们持一种道德上的达观态度和宽容心理。

24

生命似乎是以加速度旋转和坠落。我们似乎有一个漫长的童年、还算长的少年,而进入青年、中年以后,日子就似乎过得越来越快了。

是谁在转动这一车轮呢?我们只知道它永远在旋转,直到戛然而止。

25

会到达这样一个年龄:仅仅靠一种义务感活着,或主要为了别人而活着。

26

青春,多好啊。到老年了,"连你也使我感到孤单"。"习惯过没有希望的生活"。——这就是老年。

27

有些人是不能再享受即看淡生命,还有些人是不能再工作即看淡生命。

28

大自然颇为关照人的一点是:它使老年人身体的不便、无力乃至痛苦遮蔽了对死亡的恐惧,即所谓"痛不欲生"。由于一种身体的痛苦和无力,他已经不害怕死了,或者无暇顾及死了。

肯特《白马山》
1910年

信仰

肯特《休息》
1929年

上帝常常并不在人们的视野之内,但当人们否弃它的时候,人们突然一下就感觉到它了。

所以说,人是被逼着寻找上帝的,而且,人正是被自己逼得寻找上帝的。

1

生来就具有一种宗教气质的人是有福的，生来就是一个快乐主义者的人亦有福的，虽然他们是有两种不同的福分，并互相觉得对方悲惨。

2

每天都是在黑夜中交接——旧的一天的结束与新的一天的开始，很少有人在这一交接时刻是醒着的。而为了使人类在一个伟大的交接时刻不致错过，就得有人长久地在黑夜中守候，以便在这一时刻来临的时候，叫醒尽量多的人。

3

如果我们把《圣经》看作一种古老的智慧而非宗教教条，那么耐人寻味的就是上帝创世时所说的第一句话：先要有光。

4

圣徒是绝对不可以要求的，圣徒是一种显示而非教诲，圣徒是一种生活方式而非理论原则。

5

每座城市都需要一座钟楼。在最漆黑的夜里或夜的最深处，传来一下又一下悠扬而深沉的钟声时，你会感到，不是别的，正是它，是这个城市的灵魂。

6

我们对于无限的思考就是我们的上帝,它伴随着无比的庄严和宁静。

7

最美的钟声是晚祷的钟声,最美的屋顶是教堂的尖顶。

8

对于一种真正意义上的宗教,不是我超越了它,而是尚未达到它。对它有一个配得上配不上的问题。

9

希望在人间,希望不在人间。

10

有时持一种自由保守主义是为了给更高的希望腾地方,以坚持起码的道德准则,同时又节省精力。

11

现在中国基本上还是适应世界的时期,即主要是为适应世界而变革中国传统,而中国未来没有可能哪一天不会面临一种新的超越精神。我们还完全不知道它的名字,不知道它的先知,更不要说创始者。我们现在还处在一个不仅是前"耶稣",甚至是前"施洗约翰"的时期,某个圣者可能在我们最难以预料的某个"马槽边"诞生。

12

当马丁·路德要求个人的信仰自由时,他也为大众要求了自由,他以为他们会和自己一样奔向神,然而,他们却自由地、欢欣鼓舞地奔向面包了。

13

一批新教徒开始是想以人间的经济成功来证明自己的精神——后来却只剩下人间的成功。

14

该尝试的似乎全都尝试过了,该看的似乎也全都看过了。这个世界还会有什么新鲜事情发生呢?看来社会已经定格在一种平稳的、实惠的,崇尚经济奇迹、追求物质利益的状态。"现在唯一新鲜而独特的只有上帝了。"但愿他也不要只是成为一道菜。

15

时——史——死(永恒):它们大致发同一个音,但却抑扬顿挫,似乎构成一种奔赴。

16

要打破人的循环,就必须到人的外面去。眼光专注于人,只能到人那里去;在人那里,永远只能达到人。在人那里,至多是单纯的你—我关系,至多是无法解脱、永远循环的西西弗斯似的抗争,并且,最大的"悟"也只是生死泯灭、善恶泯灭的"悟"。

17

我需要同时强烈地关注人与神、时代与永恒、社会与个人,而不仅仅是关心一端。

18

历史就是"历死",就是经历一次次死亡。在我们自己的身上也是如此。

19

对"我们向何处去"的问题的回答,也许隐藏在"我们从何处来"的问题之中。

20

我们要少说世界应当怎样,我们最好接受它。在上帝的眼里,一切沉浮和所有的成败都是微不足道的。

21

在人群中,你应当骄傲;但在上天面前,"高傲的人,低下你的头吧;游手好闲的人,拿起手边的工作吧"。

22

人有时也会失去对知识的兴趣,甚至是对真理的兴趣,一切都变得索然无味,只有一种渴望——当他感到有可能接近信仰的时候;或者只有一种忧伤——当他感到无法接近信仰的时候。

在信仰的面前,知识失去了力量,人厌倦了知识。

在信仰面前，不仅科学，甚至哲学也无足轻重。

23

信仰总是个人的，总是必须通过每个人自己的途径去获得的。

24

人与上帝的关系在"礼崩乐坏"的近代突出地表现为道德与上帝的关系，而这种关系又常常是通过这句否定性的疑问来表现："假如上帝死了，是否一切都可以允许？"

25

神秘是神的秘密，神圣是神的圣洁，上帝与人有着绝对的距离，我们也许不轻易谈论他，却永远渴望着他。

26

我们如果把神也看成人，那即使是一个错误，也是一个无伤大雅的错误，或许还使我们更接近神了。但如果我们把无论什么人看成神，那就显然是一个后果严重的错误，将使我们不仅远离神，也远离人。

27

上帝常常并不在人们的视野之内，但当人们否弃它的时候，人们突然一下就感觉到它了。

所以说，人是被逼着寻找上帝的，而且，人正是被自己逼得寻找上帝的。

后记一

《若有所思》是我出版的第一本自己写的书，或者还可以说，是一本为自己写的书，因为其中的大部分，在写的时候并没有想到发表。

它也是我酝酿最久的书，时间跨度包括了从"十五有志于学"到"三十而立"。

然而，当它成书时却又是最快的，从动手整理到寄出交稿不到一个月的时间。能够这么快出世，那一定是因为它在我心里已经生长了许久。

然后，我就不怎么呵护它了。一本书出世了，它就有它自己的命运，我的兴趣转到了别的方面，并且很惭愧，虽然屡有修改扩充的机会，我只是做了不多的订正补充，我没有像惠特曼对他的《草叶集》那样精心地使之不断繁茂壮大。

虽然它是寂寞的产物，渐渐地却有了一些回音，不断地有一些来信，尤其是从我幼时生活的南方的来信，有时则只是书店转来的一张简单的，却使我怦然心动的字条。近七年来，书重印了七次，印数也逾七万。也就是说，它已经有了自己的生命，而这生命不全是我赋予它的，它已经不仅仅属于我，由我支配了。

一本书，先是在一个人的心里萌芽，然后在许多人的心里生长。我想，这就是始作者最大的欣慰了。我深深感谢包容我的，为这些思想的幼芽提供园地的读者。

一棵树，或者一棵草，它自己需要生长，而它也还需要别的树木和绿草，需要阳光、水分和大地。所以，我曾在《若有所思》第一版的勒口上写道："希望读者由此对自己发生兴趣。"

每一个人都有一个独特的自我，都有自己某种特殊的才能和禀赋，需要展露和生长。而真正能使我们成为自己的，正是我们心里那些有生命力的种子，是我们生活中那些能够生长的东西。与成批制造相比，生长常常是慢的，刚刚迸出的嫩芽也总是不起眼，但它却有自己独特的生命和长久的价值。而能够一下子就得到的东西，即使有炫人眼目的外观，也能够一下子就失掉。

对能够生长的东西，我们总得有耐心。它们有的如昙花一现，我们必得在静夜中守候；有的如铁树开花，我们必得长久地等待，而有些根本没有灿烂的花朵，只有一丝绿意，但这却是我自己生命的一丝绿意。

我们还得谨慎小心，时时爱护那使各种有生命的东西得以生长的土壤和植被——我们的文化。或者如艾略特所说，文化可以比之为一片草原，如果你把它毁了，就必须等到青草重新长高，羊吃青草长出羊毛，你才能把羊毛弄来制一件新大衣。为此你得先经过若干世纪的野蛮状态。

这一警告是对于现代人的警告，因为，快速增长的批量生产有可能吞噬一切。

何怀宏
1996年初于六郎庄

后记二

我在《若有所思》第一版"自序"中曾经写道,我想在这本书里让思想保留其"原始的悸动",在增补修订这一版时,我依然抱定这一宗旨。我不想修饰,不想精致,不想按我现在的想法订正其内容,也不想使之在风格上统一和完善。也许这些思考相当幼稚、粗糙、笨拙,但它却包含着我后来学术作品中许多重要的思想萌芽。就让它们这样吧,就让它们保留一种原始的生命悸动吧,尤其是其中青春的悸动,它们令人怀念,就像一首古希腊诗歌中所唱到的,是逝去的"那苹果树、那歌声和那金子"。

和 1988 年的初版相比,这本随感集最重要的补充是增加了从 1978 年春夏之间的日记中摘出的一些片段感受和思考,我将其题为"苏醒(1978)",以此作为全书的一个引子。因为,正是从这一年开始,我才真正可以说有了一些属于自己的思想,或者说才真正开始了属于自己的独立思考。今天离 1978 年不觉三十年过去了,此书的新版也可视作对三十年前的一个纪念。另外,为了方便读者,我将正文重新按主题分类,并增补了一些新的随感。

我还无暇专门系统地收集整理 20 世纪 90 年代以后的思考和感受，也许到我的晚年，我也要像普里什文那样，"用我全部的日记写一本书"。

我的确也曾抱有一个希望：希望《若有所思》像惠特曼的《草叶集》一样不断长大，开始青翠、生嫩、汁液饱满，后来浓郁、成熟、日渐舒展。当然，它们最后都会像罗扎诺夫的《落叶集》一样，飘落、翔集、旋转、渐渐越飘越远，卷入我所不知道的地方，不知道的世界。

重新整理这本书的日子正在乡下，我躺在床上阅读，断续传来孩子的钢琴声，这是一些简单的曲子，但并不缺少一种动人的力量。

未来是孩子的世界。

何怀宏

2008年7月于溪翁庄

领读 用文字照亮每个人的精神夜空

何 怀 宏 经 典 作 品 选

出 品 人	康瑞锋
项目统筹	田 千
产品经理	贺晓敏
编　　图	宽 堂
装帧设计	周伟伟

何怀宏经典作品选

《若有所思》

《生命与自由:法国存在哲学引论》

《比天空更广阔的》

《沉思录》

《道德箴言录》

《域外文化经典选读》

在这里,与我们相遇

领读名家作品·推荐阅读

领读小红书号

领读微信公众号

黄石文存

冯至文存

费孝通作品精选

陈从周作品精选